U0036333

魔豆

魔豆

神使繪卷
The Story of GOD's Agents
02

目錄

宮一刻

繁星大學中文系一年級，暱稱小白。
在系上作風低調、不常發言，總是獨來獨往。
常使用通訊軟體或手機，與另一端不知名人士聯絡……
具有半神的身分，因緣際會下，
成為了曲九江的神！

柯維安

繁星大學中文系一年級。
娃娃臉，總是揹著一個大背包。
雖然腦筋動得快，但缺乏體力，
以喜愛不可思議事件及都市傳說聞名。
身為神使，大型毛筆是他的武器，
而他許下的願望，竟連妖怪都難以啓齒！

曲九江

繁星大學中文系一年級。
半妖，人類與妖怪的混血，
對周遭事物都不放在心上的型男。
多年前發生的某件事，讓他立志成為神使。
出乎意料的喜歡某種飲料！

楊百罌

繁星大學中文系一年級。
是班上的班代，個性高傲、自尊心強，
同時責任心也重；常被認為不好相處。
現為楊家狩妖士當家家主，
因某種原因，渴望成為神使。

珊琳

綠髮、深棕色眼睛的小女娃，
且擁有操縱植物的能力。
眾人皆以為她是楊家世代信奉的山神，
但真實身分竟是……

楔子

神使——

神明在人間的使者。

與神締結契約，獲得部分神力，代替神消滅在人間橫行作惡的妖怪。

柯維安就是一名神使。

自從他和他的神締結契約後，他就清楚自己的職責。雖說他目前還是繁星大學一年級生，但對於神使的相關事項已經相當了解。

神使的主要敵人是作惡的妖怪，尤其以專門吞噬人心欲望的瘴爲主；神使不能以獲得的神力傷害人類，行爲嚴重者將替自己招來災禍；神使無法由妖怪擔任，因爲妖力和神力永遠只會相剋……

這些都是柯維安耳熟能詳的規則，可是現在，這當中的一條規則卻在他的面前，前所未有地被打碎了。

這名大眼睛、娃娃臉、頰上有些雀斑的男孩，幾乎是把自己的一雙眼瞪大到了極限。他目瞪口呆地緊盯著前方，幾乎不敢相信見到的畫面都是眞實的。

爲了調查楊家的祕密，他與他的兩名室友都留下夜宿，卻在半夜時，異變陡生。

他的一名室友失蹤，信奉山神的楊家上下受到瘴的操弄，唯有現任家主楊百罌倖免。在她的協助下，他們找到了瘴的藏身處，卻也被迫面對一連串驚人的眞相。

楊家所信奉的山神，早在七年前就不知所蹤。假扮對方存在的，是個遭到瘴寄附的山精。多年來，這個狩妖士家族就這麼被妖怪矇騙、操弄。

瘴不止控制了楊家的僕役以及楊百罌的祖父，甚至挾持曲九江，就是要他成爲自身的養分，只因曲九江身上流有半妖的血統。

他是人類與妖怪的混血，更是楊百罌的雙胞胎弟弟。

對於柯維安來說，這些事都已經夠衝擊了，然而無論如何，都比不上此刻正發生在眼前的一幕──

爲了幫助受到瘴操控的曲九江，他的另一個室友強行突破重圍，不但抓著曲九江的腦袋狠狠往地面砸，還怒吼出「曲九江你他媽的給我醒來！大不了老子收你做神使！」

隨著這聲宛如要擊破一切的怒吼發出，柯維安看見自己的室友，看見總是低調、沉默，但吐槽起自己毫不留情的小白，周遭像是有什麼碎裂了。

小白的黑髮瞬間成了白髮，左手無名指浮現出橘色花紋，轉眼擴及半身；而在他與曲九江交握的手上，有白光迸閃。

白光像流水般湧過曲九江的手指、手臂，最末來到脖子，以及下巴邊側，形成白色的圖紋，如同刺青般靜靜烙印在皮膚上。

神力的氣味如此明顯。

那是神紋，神使的證明。

柯維安艱困地嚥嚥口水。

神使是無法由妖怪擔任的，因爲妖力和神力永遠只會相剋。

但是、但是……老天啊！小白是個神使，他還將曲九江變成了自己的神使!?

第一章

當白光化成白色圖紋，靜靜烙印在曲九江的皮膚上時，四周一切聲音似乎也隨之靜止。黑夜下，所有聲音像被吞噬，死寂得不可思議，令人難以想像楊家的這處庭院，在上一刻還是戰鬥激生。

珊琳的尖叫緊緊地絞在喉嚨裡，猩紅的眼瞳充滿著震驚、駭然，以及不敢置信。事實上，那也是其他人眼中流露的情緒。

柯維安的嘴巴張得大大的，他張得如此用力，連肌肉都傳來了抗議。但他像是感覺不到，只能呆然地瞪著自己的兩名室友。

這半年來，一直用幻術隱藏一頭炫目的白髮，身上的神紋面積大得超乎想像的小白……也許該喊「宮一刻」會比較好？鑑於小白剛才已經發狠地聲明自己不是沒有名字，別再用綽號喊他……嗯，他還是覺得「小白」好；還有，明明就是半妖，如今卻成爲貨眞價實神使的曲九江。

爲什麼妖怪可以成爲神使？照理說，妖力和神力不是不能……柯維安擠出了一聲乾巴巴的呻吟，他發現在弄清楚曲九江爲何能成爲神使之前，還有一件更重要的事。

神力……那是誰的神力？

很明顯是由小白……問題是、問題是……

「爲、爲什麼小白你會有……神力……」柯維安結結巴巴地出聲了，「我現在知道你是神使……你居然連這個都瞞著我？我們不是好室友、好麻吉，還是內褲一起洗的好夥伴嗎!?」

柯維安說到最後，就像感到大受傷害，聲音激動地拔高。

「小白，你怎麼能這樣對你心愛的！」

「愛你去死啊！」在系上總是被人稱爲「小白」，但全名是宮一刻的白髮男孩頓時只覺理智斷裂。他甩開曲九江的手，更像是一時忘了珊琳隨時還有可能發起攻擊，凶惡的眼刀立即射向柯維安，「柯維安，你是沒死過那麼想要試一次嗎？你下次要是敢再把你的內褲混到我這來，信不信老子眞把你……」

剩下的威脅，一刻沒有全數說完。他忽地閉上嘴，像是在思索什麼，緊接著換他臉上出現震驚。

「等一下，你說你現在……才知道我是神使？」一刻求證般地問道，在見到柯維安大力點頭後，換他拔高了聲音，「見鬼了，我還以爲你早知道，才一直死纏著我不放！」

「不不不，小白，你怎麼會誤會到這方面來？」柯維安連忙搖頭。他的確是從開學時就開始黏著一刻不放，但絕對不是因爲知道對方也是同行的關係。

他可以用自己最愛的蘿莉、正太發誓，他甚至連小白用幻術藏起眞正髮色都不曉得！

對於突然陷入大眼瞪小眼的兩人彷彿視若無睹，曲九江看著自己方才被大力握住的手掌，白光帶來的灼熱感似乎還留在手上。他一根一根地握起手指，感覺到體內充斥著另一股與自己妖力截然不同的力量。

強硬、不屈，而且溫暖。

就像那隻不單是握住自己，也將自己一把拉離黑暗的手一樣。

那是小白的神力，他成爲小白——宮一刻的神使了。

曲九江不知道自己的銀眸浮上了興奮，唇角勾起愉悅的弧度，他不知道有誰正怔怔地注視他不放。

楊百罌很少看見曲九江流露發自眞心的笑意。就算他們分離七年，可不管在這之前或在這之後，她的雙胞胎弟弟的笑，總是輕蔑的、高傲的、嘲弄的。

但是現在，曲九江是眞的在笑。

楊百罌莫名地感到呼吸困難，她用力緊握著手指，發現自己沒辦法移開視線，她的眼裡只剩下曲九江皮膚上的白色神紋。

她的弟弟，成爲了神使。

她那明明是半妖的弟弟，卻能夠成爲神使。

楊百罌急促地喘了一口氣，不這麼做的話，她眞的覺得自己要無法呼吸了。

她知道她應該要替對方開心……曲九江是神使了，他能讓楊家在狩妖士這一行更受重視，爺爺回復清醒後也會爲他感到驕傲。他這七年來受的苦，終於有了補償……但是、但是……

「爲什麼成爲神使的人不是妳呢？」

有誰細聲地這麼說，言語間似乎還帶著竊笑。

楊百罌的臉上驟失血色，她猛然抬起頭，對上的卻是一雙猩紅如血的眼睛。

眼睛的主人在另一方，像是無聲地嘲笑著她，無聲地可憐著她。

站在祠堂屋頂上方的珊琳慢慢地咧開笑，紅眼瞇得像是不祥新月。

「小白沒有選妳，他寧願選擇曲九江也不選妳。」

楊百罌懷疑自己是不是產生幻聽了，在她見著曲九江身上出現神紋的那一瞬間起，她就覺得周遭和她之間像是隔著一層膜，一切都朦朦朧朧的，腦海深處則有各種聲音交雜。

她看見那名綠髮紅眼的小女孩又張開嘴，像是說了什麼，只不過這次她聽不清楚。她猜其他人根本沒聽見，否則他們的注意力一定會轉過來。

接著，她聽見珊琳的聲音再度響起。

珊琳說：「我改變主意了。」

就算那名白髮男孩是神使，就算曲九江眞的也成爲神使，這名瘴都改變主意了。

紅眸亮起不祥的光芒，珊琳無預警地厲嘯一聲，瘦小的身子像支箭般衝出。目標不是別人，赫然是昏迷未醒的楊青硯！

誰也沒料到，珊琳又會將楊青硯視爲目標。

「該死，我居然忘了做保護措施！」柯維安急得臉色大變，也不顧自己還有沒有餘力，抓起毛筆，就想往楊青硯的方向揮灑金墨、建立結界。

而有人的動作比柯維安還要快。

「沒力就滾去一邊待著！」一刻扯住柯維安的衣領就往旁邊扔，自己腳下步伐則是加速，一個箭步擋在楊青硯身前，手指花紋延伸至空中，化爲實體螺旋光紋。

沒有遲疑，一刻伸手探進光紋裡，從中迅速抽出一柄長如利劍的白針，一身強悍氣勢如同在遏阻他人越雷池一步。

與此同時，楊百罌和曲九江則是直接迎擊上珊琳的攻勢。

即使靈力幾近用盡，楊百罌還是將之注入符紙當中，使多張符紙在她的手中攤展開來，堅硬一如金屬摺扇。

符扇在楊百罌的操控下就像有了生命，接連在空中劃出一道又一道的鋒利弧光，每一道都步步進逼著珊琳。

然而珊琳的每一次閃避看起來卻如此輕而易舉，她的身影時而消失，時而出現，下一秒竟是躲開符扇，欺近楊百罌的身前。

珊琳宛如吐息般吐出咯咯笑語，「楊家小家主，妳等於是我訓練出來的，我會不了解妳的招式嗎？更重要的是，妳現在……」

珊琳的笑聲天眞爛漫又無比惡毒。

「可比不上妳那成爲神使的半妖弟弟了。」

楊百罌的瞳孔因爲那些鑽入耳內的話語而猛地收縮，臉上表情像是被人當面狠狠摑了一掌——強忍著畏縮，又不敢置信。

珊琳的笑聲更加高亢尖銳，可是旋即自旁逼來的白色光刺就讓她凜了眼神。

那抹瘦小的身影立即消失在楊百罌面前，再出現時是浮立半空。但是那白色光刺就像早已預測到她的動向，她一出現，光刺的尖端也隨之到來。

珊琳變了臉色，假使不是她手中飛快湧冒出黑色藤蔓及時纏捆住光刺，恐怕她的身上就要多了一個窟窿。

「下一次，我要刺進妳那醜得要死的眼睛，垃圾。」紅髮銀眸的青年拉扯出獰笑，不因自己的攻擊受到限制，情緒就有所影響。相反地，那份戾氣是比之前的任一時候還要高漲，「我會連著那些神經將妳的眼珠拉出，佔據我家七年位置的代價，可是很大的。」

「連神力都控制不好，就證明你只是個卑下、無用的半妖。」珊琳細細的嗓音像是蛇在嘶著氣，她的紅眼珠滿是惡意，「你當不成神使的，曲九江。就算你締結了契約，你天生就是個妖怪，永遠也當不了神明的使者。小白很快就會發現這件事，他會知道你一點用處也沒有！」

雖然不明顯，曲九江握持光刺的手臂確實是微微地震了一下。

珊琳知道自己的言語是毒，可以簡單就侵入他人內心、腐蝕對方的頑強。只是在她想再次吐出那些含帶毒素的話之前，另一聲怒喝卻是比她快一步地撼動黑夜。

「媽的，曲九江！」一刻仰頭大罵道：「我他媽的都聽一個男人說我願意……我他媽的就是選你了！你要是敢動搖就等於是削我面子！別聽那傢伙的廢話，動手就是了！否則寢室裡的那箱草莓蘇打，就等著被我扔出去！」

「不……不是吧，小白，你最後一句威脅根本就弱爆了，倒不如別加還比較有魄力啊！」柯維安哀叫出聲，忍不住拍了一下自己的額頭。可是當他望見曲九江的手又比任何時候還要穩，銀眸甚至閃動凌厲的光芒時，他的手頓時停在半空。

「呃，不是吧……」同樣一句話，柯維安這回的語氣卻是大大不同。草莓蘇打？難道那種甜得膩死人的飲料，真的是曲九江的弱點？

「那是……他從小就喜歡的飲料。」另一道聲音低低地說。

柯維安轉頭，看見站在一邊的楊百罌神情有些茫然，連剛才那句話都像是無意識地說出。

「班代，妳還好嗎？對了，妳腳上還有傷！」柯維安猛然想起這事，急忙想勸楊百罌坐下休息，「班代，坐著對妳的傷口比較好。我是覺得不用擔心曲九江，畢竟小白都選了他了。」

「那麼，爲什麼不……」楊百罌的聲音戛然而止，再吐出已是與往常無異的語調，「沒什麼，我的傷沒事。」

柯維安注意到對方那雙美麗的眸子似乎掠閃過一瞬的痛苦，可是他以爲楊百罌是在強忍著傷口帶來的不適。

見楊百罌拒絕示弱，柯維安也不再多說，注意力又放回到珊琳和曲九江的身上。

曲九江不知何時已掙脫了黑藤，迅雷不及掩耳地朝著珊琳逼近、再逼近。

任何人都看得出來，他手中的白色光刺隨著他的每一次攻擊，都在逐漸地改變形狀。等到他再次揮動出凌厲一擊時，抓握在他指間的已然是一把烙著熾白花紋的長刀。

第一次的突刺落了一個空，但是緊接而來的第二次突刺，卻是讓珊琳瞪大眼，幾乎反應不過來。

那是另一把長刀……曲九江運用神力所生成的武器，居然是兩把刀！

紅髮青年眼裡的戾氣和興奮燃至最熾。

接連不停的刀勢逼得珊琳避無可避，原先的靈敏也變得狼狽。即使她召喚黑藤，但曲九江的雙刀卻是比她更快。

終於在一個猝不及防間，曲九江的刀尖突破了珊琳的防禦。抓準對方下意識欲閃，卻暴露出空隙的剎那，他毫不猶豫地長腿一掃，將那具瘦小的身子重重踹飛出去。

珊琳撞上了祠堂的其中一面外牆，石製的牆壁甚至在她背後迸裂出裂痕，由此可看出曲九江的那一腳力道有多大。

不待珊琳滑墜至地面，曲九江的身影頓如鬼魅襲來。他雙刀交叉，眼看轉瞬間就要割開珊琳的喉嚨。

柯維安倒抽一口氣，映在他眼中的曲九江，其神情殘忍得簡直像樂在其中。

「曲九江！」

但是這聲驀然砸下的厲喝，讓曲九江咋了下舌，攻擊角度一改，兩把刀的刀尖還是深深地刺入石壁裡。它們呈「X」形交叉，然而鋒利的缺口卻沒有劃開珊琳的皮膚、陷入她的喉嚨。

兩把白紋長刀的刀尖不止是刺入石壁，還將珊琳雙肩的衣物布料也釘在其中。

綠髮紅眼的小女孩就像蝴蝶標本被人制於牆上，長刀一左一右交叉在她的脖子前，留下足夠的空隙。只要她不隨意掙動，就不會在喉嚨上開出一道口子。

見到這一幕，不單是柯維安鬆了一口氣，就連一刻也鬆放了瞬間緊握白針的手指。

神使的職責是消滅妖怪，可不管怎樣，都不該、不該將殺戮視爲一種樂趣。

「我只說一次。」一刻收回了自己的武器，一步步走向前，「曲九江，我的神使不准是殺人狂……別想抓我語病，你知道老子是在指什麼！」

「這種無意義的仁慈，有一天只會害到自己，小白。」曲九江冷笑，可是也沒有再對失去反抗能力的珊琳做進一步的攻擊，「我的神要是死了，我也會感到苦惱。你可得好好保護自己，別因爲無聊的小事就掛掉。」

「操！在這之前就少咒我死！」一刻直接回予一記中指。

柯維安發現自己還是不習慣小白滿嘴髒話，他認識的小白應該是不愛說話又低調……偏偏小白在出口成髒的時候，那模樣還眞適合他。

柯維安第一次覺得，原來有人就是適合罵髒話的。

啊，不對、不對，現在可不是想這些的時候……柯維安趕緊搖搖頭，準備回頭看楊百罌打算如何處置珊琳，又或是想詢問什麼問題，畢竟七年來遭受珊琳欺騙的人是她。

只不過柯維安這一轉頭，他的表情當場凍結。

楊百罌還是一動也不動地站在原本的位置。

那名褐髮女孩的眼眸睜得大大的，裡頭混著茫然、痛苦、脆弱，還有更多旁人不明白的情感。艷麗的臉蛋如今蒼白得幾乎沒有血色，眼下的一點淚痣看起來就像淚水溢落，沾染在上。

可是，這些都不是讓柯維安表情凍住、背脊發冷的原因。

柯維安看的是楊百罌的心口。

在那裡，一條純粹漆黑的細線，正在無聲無息又快速地往下生長。

「我的天……我的天！小白！」柯維安驚恐地大吼，尾音因爲拔得過尖還分岔了。

但是一刻完全沒心思在意柯維安顯得可笑的聲音，在他望見楊百罌的胸前有條黑線迅速生長，他的表情瞬間扭曲了。

只要是神使，都能知道那是什麼。

「那是什麼？」剛成爲神使的曲九江不知道，可他看得見。他瞇起了眼，不明白自己的雙胞胎姊姊身上，爲什麼會忽然多出一條線。

「那是什麼……那該死的是欲線！」一刻的呻吟猝然變成了咆哮，「曲九江，阻止你姊！不管用什麼方法，就是阻止她！」

最開始的時候，曲九江和楊百罌兩人都還沒有理解過來一刻的咆哮是帶著何種意思，直到「欲線」兩字眞正地烙進他們的腦海裡。

欲線，由失衡的欲望具現出的欲望之線，一旦長及觸地，就會招來——瘴！

楊百罌是狩妖士，她聽過欲線的事。她駭然地低下頭，卻什麼也看不見。

可是她知道，那條欲線一定還在持續增長，否則曲九江——她的雙胞胎弟弟，就不會露出像是被人重擊的表情。

他看到了……他看到了她所看不到的……

「班代、班代！我不知道發生什麼事，但請妳先冷靜！」柯維安驚惶地喊。

「楊百罌，停止妳現在想的，別讓欲望失去平衡！」就連宮一刻的聲音也滲著緊張。

「楊百罌……姊，拜託……」甚至是曲九江的語氣，都出現祈求的意味。

楊百罌搖了搖頭，她很想說自己什麼也沒在想。她一直都把情緒和感情控制得很好，系上的那些人不還都私下稱她不近人情又高傲得不得了？

她其實都知道的，關於周遭對自己的評價。即使如此，她也不曾動搖過。她可以把一切都控制住，包括自己不爲人知的嫉妒、羨慕、渴望……

所以、所以，爲什麼曲九江他們還要用那種眼神看著她？

楊百罌的臉上出現了狂亂和害怕，而當她的雙眼對視上珊琳，她的表情變成了絕望。

她看不到……她根本什麼都看不到！

「空有力量，卻無神願意締結契約的狩妖士。」

「信仰的神到頭來原來是妖怪，妖怪怎麼有辦法讓人成爲神使？」

「小白沒有選妳，他寧願選擇曲九江也不選妳。」

珊琳直直地看著那份再也無處可藏的深刻絕望，毫不在意自己被釘於石壁上，她咯咯地笑起，隨即那聲音變成了惡毒的大笑。

「他不選妳！他要的神使不是妳！楊百罌！」

「住口、住口、住口——」楊百罌抱頭尖叫，痛苦就像是要從裡頭滿溢出來。

在場的三名神使都能再清楚不過地看到，楊百罌心口前的欲線霍然加快了生長速度，越過腰間，很快就會超過膝蓋以下。

「妳那張嘴太多話了！」曲九江的瞳孔閃動恐怖的殺意，指甲如鋼刀的五指猝不及防地探向了珊琳。

可是誰也沒想到，珊琳的動作更快，更讓人措手不及。

那名臉上布滿可怖裂痕的綠髮小女孩，咧開惡毒又歪斜的笑，竟是毫不猶豫地將脖子往前猛力一抵。

在曲九江的指爪到來之前，鋒利的刀身已深深地陷入她的脖子裡。

剎那間，從那道缺口噴出的不是大量鮮血，而是一團黑色的霧氣，像是終於找到出口衝湧而出。

同時，被釘在石壁上的布料像是再也支撐不住。啪嘶一聲，珊琳瘦小的身子掉墜到地面上，雙眼緊閉，臉上的裂痕慢慢地變淡，脖子上也沒看見被刀割開的裂口，彷彿先前的一幕只不過是場幻覺。

但是一刻等人都知道那不是幻覺，證據就是那股從珊琳體內衝出的黑色霧氣，正向著楊百罌疾竄過去。

欲線還在生長，觸地只是遲早的事。

「我、我的天！它想要入侵班代的身體！」柯維安立刻想明白了，他驚恐地大叫。

「它想都別想！」一刻動作迅烈地扔甩出白針。

白針的尖端擦過黑色霧氣，後者似乎感到痛苦地扭曲形狀，但速度還是未變。

「我不會交出我的身體……」楊百罌抬起頭，嘶啞地說，眼中似乎迸出決絕的光，「汝等是我兵武，汝等聽從我令，明火！」

楊百罌已經顧不得用盡最後一絲靈力會對自己帶來什麼影響，她指間的符紙射出，途中就化爲數顆火球。

黑霧與火球正面交鋒，它體積變小，就像一陣風般穿過楊百罌的身體，而後消失不見。

楊百罌的欲線並沒有碰觸到地。

那條黑色的細線就在一刻他們眼前靜止在小腿的位置，不再生長。

柯維安直到感覺呼吸困難，才發現自己在無意識中屏住了氣。他連忙大口大口吸氣，並且想著這時候一屁股跌坐在地，應該也不會太丟臉。

「楊百罌。」曲九江沒有在意自己還釘在石壁上的兩把刀，他不由得就想上前。

他還不知道能和前方的女孩說些什麼，但他想，他總是會找到的。

可是一刻抓住了曲九江的手臂。

「等等。」一刻慢慢地說，雙眼沒有離開像是氣力用盡、肩膀垮下，頭顱也微微低垂的楊百罌身上，「就是……等等。」

「小白？」柯維安放棄了坐下的念頭，他困惑地望著神情一點也不像是放鬆的一刻。那名白髮男孩看起來，更像是是因爲某種原因如臨大敵。

「我知道這很不實際，問題是，我就是覺得……不對勁。」一刻像費了一番力氣，找出一個適當的詞，「我的直覺告訴我，現在別靠近楊百罌。」

「別靠近班代？小白，你在說什麼嘛，你不是也看見欲線沒碰到地嗎？瘴沒辦法被釣起來的。而且你看，班代的欲線逐漸消失了。所以說，男人的直覺向來都是……」柯維安笑嘻嘻的聲音在楊百罌抬起頭後驀然哽住。

他像呼吸困難地張張嘴巴，好半晌終於擠出最後的句子，「……都是很準的。」

那是柯維安能想得到的唯一一句話，接下來他的發聲功能就像出了問題，只能張著嘴，卻再也發不出任何聲音。

不，他還是能擠出呻吟的。

而這時候，誰也不在乎柯維安發出的是呻吟或悲鳴。

一刻不知道曲九江現在的心情是如何，他只知道自己全身發冷，像是有桶冰水不客氣地澆淋在身上。

楊百罌抬起頭，露出剛被髮絲遮掩的眼睛。

她說：「我不是說了嗎？小心不要露出心靈的空隙，否則很容易被我們鑽進去。」

說出這句話的褐髮女孩，臉上有著惡毒歪斜的笑，以及一雙彷彿要滲出血的猩紅色眼睛。

第二章

瘴會吞噬人心、欲望。

瘴分成寄生型和共生型；前者的宿主不會知道自己發生何事，後者的宿主則是會感受到瘴的存在。

然而不論是何種瘴，都必須等到人類的欲望之線失去平衡、長度觸及地面，方能從黑暗中現身，咬住欲線。

然後，入侵到人類的體內……

這些事項，早在柯維安成爲神使的時候，就已經記得清清楚楚。可是此刻發生在眼前的一切，無疑是大大推翻了所有規則。

「這不可能……這怎麼可能！」柯維安不在意自己是不是在歇斯底里地尖叫了，「欲線沒有碰到地，爲什麼瘴有辦法入侵到班代的體內……見鬼了，小白，這根本就不科學！」

「科你老木啊！妖怪和神明的存在從一開始就沒科學過了！」一刻火大怒吼。要不是還殘留著一絲理智，他眞想抓著柯維安的腦袋去撞地，或是其他的什麼東西都好。

讓他說的話，他覺得最不科學的是怎麼有人被炸飛了，還有力氣說那一大段話？

是的，炸飛。

這兩個字或許誇張了一點，但離實際情況也不至於差得太遠。

就在數分鐘前，他們目睹楊百罌的雙眼變成一片不祥的猩紅後，那名被瘴寄附的褐髮女孩身旁就爆發出一陣強烈的氣流，力道之大，讓他們這來不及防禦的三人都被震飛出去。

一刻沒有去管曲九江的安危，他反射就是設法抓拎住柯維安，以免體力、耐力、閃避力如今都快瀕臨負值的對方會撞上什麼東西。

事後證明，他應該要讓柯維安撞的。起碼撞昏了，就不會多話得惹人他媽的心煩！

一刻自己都想問這是怎麼回事了，他也是神使，雖然他沒有加入柯維安的那個公會，可他也知道「欲線沒碰地，是釣不起瘴」的這條準則。

然而楊百罌的欲線明明只到小腿就停止，原本寄宿在珊琳身上的瘴卻能夠入侵到她的體內……那真的是瘴嗎？

但是對方的確也承認自己的身分。

「願望、希望、渴望，我等是吞噬一切欲望的瘴！」

一刻重重地呼吸了下，甩開緊抓自己手臂不放的柯維安。他抓握住又重新在他掌心間凝聚形體的白針，就算他腦海內是一堆問題，他還是記得要掌握好眼下的情況。

柯維安和自己在一起，曲九江在祠堂那邊，身後除了珊琳以外，還躺著尚未恢復意識的楊青硯。一刻稍微鬆了一口氣，緊接著他不敢大意地盯緊正前方。

楊百罌所站立的地方，現在正被一圈圈的黑氣環繞，遮蔽了她的身形。

「小白。」柯維安又靠了上來，「那個瘴，絕對和我們知道的瘴不同……我不曉得這是特例，還是……還是真的開始有這樣的瘴出現……」

柯維安艱困地喘了一口氣，從自己口中說出的第二項猜測，讓他不由自主地感到寒意爬上背脊。

「不管怎樣，小白……可以拜託你想辦法制伏班代身上的瘴嗎？留下一口氣就好，我想要試著把它帶回公會。」

一刻繃緊下頷線條，沒有回話只是點了下頭，握在白針上的手指益發地收緊。

「還有一件事……」柯維安的呼吸變得更加粗重，那是體力接近極限的象徵，「我恐怕待會幫不上什麼忙了……我很抱歉，小白，我會先找到我的電腦，再自己找個地方躲好……」

「柯維安。」一刻嚴肅地說，「這就是最大的幫忙了。」

柯維安一愣，轉頭望向一刻。後者仍是瞬也不瞬地盯著楊百罌的方向，像是剛才全然沒有開口說話。

柯維安眨了眨眼，再眨眨眼，接著臉上忍不住露出一個大大的笑容，「小白，你的誇獎是我的動力。心愛的，人家一定會做得很好的！」

「幹！我哪時候誇獎你了？不准再叫我心愛的，老子一點都不想和你搞……」

「喔喔！我看見我的心肝寶貝了！」柯維安興奮的語調打斷了一刻的話。

一刻緊緊皺著眉頭，順著柯維安的目光，他也看見那台筆電的蹤跡。

同時，楊百罌周邊的黑氣在減弱。

知道即將進入關鍵時刻，一刻的眼神投向另一端的曲九江，他朝對方比出了一個包夾的手勢——他不確定對方會不會聽令，但試試也沒差。

接著，那個時刻到了。

一刻屏住氣，雙眼凌厲地瞇起，如同蓄勢待發的野獸，他在心中默數一二三。

一、二——

就在黑氣瞬間全數被吸收進去，楊百罌的身形也終於暴露在黑夜之下。

那依然是高挑苗條的身影，只是原先潔白無瑕的肌膚成了詭異的紫黑色，透著妖異的淒艷美感。雙眼猩紅，漆黑的尖利指甲像是黑色的長刀，一頭波浪褐髮成了糾結的黑色藤蔓，黑藤一路向下，披散至臀部的位置停止。

在那裡，一條粗大布滿鱗片的蛇尾正拍擊著地面。

一下、兩下……三！

沒有絲毫猶豫，一刻提針拔腿衝了出去。他的速度快若離弦之箭，眨眼就逼近楊百罌。

同一時間，柯維安則是卯足最後的力氣，使勁地奔向自己筆電的所在方向。

「還眞以爲我不知道你的那些小花招嗎？」楊百罌的右手化成大刀的形狀，堅硬的紫黑色皮膚擋下一刻揮下的白針，身後蛇尾迅雷不及掩耳地翻捲著，像條長鞭捲向了柯維安。

柯維安想也不想地撲倒身子，在地面翻滾了幾圈。以他的角度，看不到有兩道熾白刀影如驚雷到來，越過他的上方，快狠準地迎擊上那條蛇尾。

假使不是楊百罌的反應夠快，及時收回了尾巴，恐怕有一截就要斷於曲九江的雙刀之下。

抱得筆電的柯維安忙不迭站起，他向四周張望一下，馬上就選定自己要躲藏的位置。

就算受到一刻和曲九江的兩方包夾，楊百罌也不會因此就忽視柯維安的動作。從這幾場交手中，她已經知道那名娃娃臉男孩，往往會來個出其不意的舉動。

尖厲地嘶號一聲，紫黑膚色的紅眼妖怪以強橫的力道震退了白針以及熾白長刀，隨即她的腳邊飛也似地鑽竄出一叢又一叢的黑藤。

然而這些黑藤的末端卻是尖銳無比，只要一個閃避不及，便會由下而上地被刺穿血肉，留下血淋淋的窟窿。

一見黑藤往四周擴散，一刻和曲九江俐落閃過，但是黑藤並沒有因此停下。

「操！柯維安！」一刻臉色大變，驚覺到楊百罌的目標不止是他們時已來不及。

黑藤接連不斷地刺穿地面冒出，一下就來到柯維安的身前。

依照柯維安目前的體力，能不能跳起來閃過都是一個問題，更不用說他選的位置是在祠堂前，那裡還有著楊青硯和珊琳。

曲九江的瞳孔收縮，他在意的當然不是柯維安或珊琳，他想要召出火焰，好一把燒燬黑藤，但火焰非但沒有出現，一股猛烈的暈眩感反而尖銳短暫地衝了上來。

「柯維安！」一刻不敢去想自己能不能趕上，但他說什麼也不願放棄嘗試。

沒想到面臨危險的柯維安卻是衝著一刻露出笑臉，在後者怔愣的剎那間，飛快轉過筆電，讓螢幕面向黑藤。

說時遲那時快，本該堅硬的筆電螢幕像水面般晃漾出金色的漣漪。

金色的光芒迅速彈濺開來，在柯維安、珊琳、楊青硯的周遭形成了一道防護障壁，將他們包圍在其中。

黑藤的攻勢被迫中斷，它們突破不了柯維安的結界。

「嘿，我是沒體力了，但神力還沒真正用盡。」柯維安聳聳肩膀，對於自己在千鈞一髮之際做出的反擊很是驕傲，「而且我也說過了，我的這台筆電比較特殊一點。」

柯維安說完後，又將筆電轉過，快速地在鍵盤上敲敲打打。

下一秒，一連串金色字符飄出，在楊家庭院上空圍成一個圓，圓內的景象瞬間產生疊影。

只不過金色的字符沒有因而消失，在白霧籠罩下，還是如此耀眼，那光輝彷彿能穿透一切。

「這可是加強版的結界，小白，你們就放心地打吧！」柯維安高喊，「用不著擔心我們，也用不著擔心那些霧會再包圍住你們！」

「什……！楊百罌暗驚，試圖要再操縱霧氣，可是白霧就像受到某種不明的力量固定住，連流動也無法。

一刻猛一回頭，不偏不倚捕捉到楊百罌眼中一閃而逝的異色。他扯開凶暴的弧度，白針立刻再度揮出。

月牙般的白痕衝向了楊百罌。

趁著對方分神的剎那，他不假思索地便要趁勝追擊，卻萬萬沒料想到身邊的人影忽地腳步一個踉蹌，竟是要跌跪於地。

「曲九江！」一刻大驚，忙不迭一把抓住曲九江的臂膀，「見鬼了，你是怎麼……」

在見著紅髮青年的臉色蒼白，額上冒著豆大的冷汗，眼神甚至有絲渙散後，一刻將話吞了下去，心中大叫糟糕。

他知道這情況，當初他自己剛成爲神使的時候也曾經這樣——身體受到傷害，還未完全復元，在第一次使用時根本就別想好好掌握神力。

曲九江的妖力早就耗盡，還被迫耗損生命使用力量，別說是難以掌握神力，他的身體已經不堪負荷。

「該死，你剛還硬撐？你早該告訴……」

「我知道自己在做什麼，用不著你多管。」曲九江咬牙集中注意力，一把揮開一刻的手，想要憑靠一己之力站起。

「老子聽你唬爛！」眼見楊百罌再度襲來，一刻當機立斷做了決定。他飛快地再拉住曲九江，緊接著一腳踹上他的腹部。

當曲九江摔進柯維安的保護結界內，他整個人也已快速地追著楊百罌來時的方向而去。

柯維安太過震驚了，以至於他完全忘記自己應該伸出援手，幫忙接住曲九江，而不是任憑對方重重地跌在地面上，摔得七葷八素——也或許他壓根沒想過要接。

「小白，你對待自己人未免也太凶殘了……」柯維安目瞪口呆，喃喃地說。

一刻沒有聽見柯維安的話，就算聽見了也沒想過要放在心上，他的全副注意力都緊緊鎖在楊百罌的身上。

當那條粗大的蛇尾像鞭子似地凌空揮來之際，白針突破鱗片，猝不及防地狠狠扎刺進去。

利用這股力道，一刻順勢翻身，由上方逼近楊百罌。

楊百罌甚至還來不及吃痛喊叫，就發現尾巴上的白針消逝。她警覺地一扭頭，血紅色的眸子大睜，映入白針重新出現在一刻手中的光景。

「別以為我會放棄這個身體！它是我的！」楊百罌怒吼，這次從她口中溢出的聲音不再是女性，而是沙啞粗糙，像來自另一個截然不同的生物。

不等一刻的攻擊落下，那具紫黑色的身軀驀然湧現出無數黑色血管。它們以超乎想像的速度集中、簇擁，轉眼間就像要撕裂開這具軀體。

「小白快躲開！」柯維安驚慌大吼。

「我操！」一刻咒罵一聲。打從在繁星大學人文學院的中庭以及楊家主屋開始，他就已經領教過這招的厲害。

他試著改變下墜的方向，但是來不及了。

那具紫黑色的妖艷身軀迸裂開，從內竄湧出更大股的黑暗，瞬間就形成一具新的、更龐大的身體，並且還有一隻手臂猛然抓住一刻的腳，冷不防就要將他砸上山神祠堂。

從這個角度砸下去，那名白髮男孩即使是神使，只怕也會去掉半條命。

柯維安的一顆心提到嗓子眼，過度的驚懼讓他的尖叫卡在喉嚨裡。

是第三人的聲音挽救了這一切。

「汝等是我兵武，汝等聽從我令，裂光之鞭！」

伴隨著這道低啞的嗓音，細長的白色光束從柯維安的保護結界內如靈蛇般疾速竄出，險之又險地纏縛住那隻紫黑色的手臂。

柯維安瞪著那條白色的光之鞭，這明明就是楊百罌的招式……

「老……老爺子？」

曲九江乾澀的聲音讓柯維安急急地轉過頭，他瞪大眼。

楊青硯不知何時恢復了意識，他的雙手正大力地抓住那條長鞭的另一端。

「楊、楊老爺子!?」柯維安震驚地大叫出來，那音量使得楊青硯皺了皺眉頭。

「閉嘴，小子。」楊青硯沙啞地說道，語氣中有著顯而易見的疲倦，「省去廢話，我一直有聽見發生什麼事……我撐不了太久，老人家沒那麼多力氣。」

幾乎楊青硯的話聲一落，他手中的光之鞭也跟著轉淡。

他的確是挽救了一切，不過也僅僅是暫時的。

下一瞬間，長鞭散逸，再也沒有任何外力可以阻止那隻瘴的動作。

但是那短短的空檔內，卻也足以讓一刻做出反擊。他猛力地一扭腰，在拉近那隻大手與自己距離的剎那，白針也不客氣地刺了進去。

果然如他所料，抓著他的手指因爲疼痛頓時鬆放開，他的身子往下跌落。

沒有對下墜感到驚慌，一刻立即在空中改變姿勢。

而簡直就像算準時間差，一道熾白刀影迅雷不及掩耳到來。

一刻的吃驚只是一瞬，他轉頭望了下扔射出長刀的曲九江，在那雙銀眸內見到再明顯不過的訊息。

——我拒絕只當一天的神使，你掛了我會狠狠地嘲笑你。

感覺到刀身在自己腳下的觸感，一刻毫不遲疑地再奮力蹬出。他的身影就像白虹，穿過了瘴的抓扯，逼近瘴來不及防備的心口。

白針用盡力氣往前刺入。

以黑藤爲髮，一身紫黑膚色的紅眼妖怪靜止了一切動作。她低望著插在胸前的白針，還抓著針身當作支撐的身影，一雙紅眸內霎時閃閃滅滅，痛苦和扭曲一併湧上她的臉。

她張嘴嘶吼出咆哮，以及歇斯底里的尖銳高笑。

「我不會放棄這個身體！」

「可恨的神使！」

「你刺得太淺了！」

「這力量太弱小了，弱小！」

那就像同時有許多人在說話。

一刻每一句話都沒有漏聽，他心中大駭，他確實是用了全部力氣刺進去的，爲什麼……

彷彿是猛然想到什麼，他立刻往自己的左臂望去，不敢置信的情緒和髒話一塊噴湧而出。

「幹幹幹！爲什麼偏偏挑這時候又不穩！」一刻暴吼，原先覆滿他皮膚的橘色花紋不知何時隱沒得一乾二淨，如今只剩下左手無名指那小小的一圈。

這突來的變故震住了所有人，卻不包含備受痛苦的瘴。

雖然不致死，但劇烈的疼痛讓瘴決定要將一切的怨恨傾倒在一刻的身上。她要徹底折磨那名白髮男孩，要他清醒並痛苦地死去！

「我要撕開你的四肢，把手腳丟到你的同伴面前！」瘴咆哮，紅眼的光芒時暗時熾。

「住手、住手，別傷害小白！該死的你們再不趕到就要替我們收屍了！」柯維安絞緊的尖叫終於迸出喉嚨，「拜託你們快來啊——」

「謹遵……命令。」

緊接在尖叫聲後的，是一道輕飄飄的嗓音落下。

那明明輕巧到像是隨時會被風吹散，卻又清晰得足以讓在場眾人聽見。

柯維安睜大眼，面露狂喜。

沒想到會無端冒出第三人聲音的瘴則是一愣。

巨大、紫黑膚色的妖怪對這聲音還未反應過來，就先注意到另一件事。

她的右手正離自己越來越遠。

什……什麼？猩紅色的眼睛瞪大至極限，當她意識到右手離開了自己的身體，往地面直直墜落時，尖嘯衝出了她的嘴。

「啊啊啊啊啊啊啊啊！」她痛苦難耐地嘶吼著，震驚、困惑、憤怒交織在一起，促使她在想要伸手按住自己的斷臂處之前，想先一把抓下還吊掛在白針上的瘦小身影，將之洩恨似地砸上地面——最好像隻小蟲，可憐又狼狽地變成一灘肉泥！

可是，沒有。

原本應該在那兒的人影赫然不在了，只剩如劍長的白針插刺在上。

與此同時，柯維安設下的保護結界前落下了兩抹身影。

一人是裹覆著斗篷、全身包得密密實實，一手持著閉攏蕾絲洋傘，一手提抓著前一刻應當還掛在高空中的白髮男孩。

一放下一刻，那名裹著斗篷的人影又速度奇快地掠了出去，簡直就像道閃電。

當眾人眼內映出剎那利光之際，瘴的另外一隻手臂也被卸了下來，重重地砸落在地面上。

失去雙臂的瘴跌跪下來，黑藤的頭髮披散於地，整齊的雙臂切口噴出的不是血液，而是洶湧的黑色霧氣。

「不能原諒！你們這些可恨的、可恨的——」紫黑膚色的妖怪咆吼，雙目赤紅至極，乍看下眞有如血海翻騰，「一起同歸於盡！楊家不會存在，你們也——不會存在！」

那是怨毒無比的詛咒，光是聲音就能讓人感受到尖銳的恨意。

但是，有人開口了。

「不，那可不行。」

說話的不是一刻等人，更不是出手斬斷瘴兩隻手臂的斗篷人影。

隨著那道溫和、優雅，像是無時無刻都含帶笑意的嗓音一出現，自白霧之後也走出一人。

那人一身格紋襯衫搭筆直長褲，既休閒又斯文，俊秀的面孔上戴著一副細框眼鏡，唇角則是掛著不論是一刻、柯維安，甚至是曲九江都相當熟悉的微笑。

因為從白霧中現身的不是別人，竟然是同為繁星大學的學生，而且還是文學研究同好會的社長——

安萬里！

「學……」

一刻呆愣當場。

這太過意想不到的援兵，帶給他過度的震驚，讓他連簡單的「學長」兩字都難以順利地說出口。

為什麼安萬里會出現？他是柯維安口中的救兵……難道他也是神使公會的……

這廂一刻還在結結實實地愣著，那廂柯維安正欣喜萬分地嚷叫起來。

「天啊！狐狸男你們終於來了！」

「嗯？維安，你是在喊誰？」安萬里瞥了一眼激動的柯維安，眼神似笑非笑。

「咳，不不不，你聽錯了。」柯維安趕緊改口，「我是說學長，偉大的社長，以及更偉大的副會長大人！」

一刻頓時被最後的幾個字打得回神，他猛地扭頭瞪著柯維安，他發現曲九江也在看著他，這表示他們兩人都沒聽錯。

「柯維安……」一刻慢慢地說，「你說……什麼的副會長？」

「咦？神使公會啊！小白，難道我沒告訴你，我們狐狸眼、狐狸笑的社長也是神使公會的副會長嗎？」柯維安納悶地問。

「你他娘的最好有說啊！」一刻知道眼下場景不適合，但他還是忍無可忍地暴怒了。他甚至覺得自己的反應還算客氣，曲九江看起來就像準備晚點要將柯維安的脖子給卡嚓一聲扭了，「幹！老子到現在也只知道你和秋冬語是神使公會的人，從來就沒聽你說過安萬里也是！」

顯然一刻太過震驚和惱火了，否則平常他絕不會對安萬里連名帶姓地喊。

但是這下，換成柯維安大吃一驚了。

不僅僅是他，連曲九江的視線也變成銳利地盯住一刻。

「咦？咦咦咦？爲、爲什麼小白你會知道？」柯維安拔高嗓子嚷，「小語的變裝明明就做得很好啊！」

「等她連聲音和說話方式都變了再來跟我講這個……這根本超好發現……好吧，曲九江，我知道對你不是。」知道自己的室友兼神使向來無視周遭事物，一刻不意外地翻下白眼，「見鬼了，柯維安，你下次要是跟我說餐廳煮飯的大媽也是你們公會的人，我猜我也不會意外了。」

「什麼？小白，你原來連這都知道⁉」柯維安更加地不敢置信。

……我操，還真的是真的啊。一刻覺得要感到不敢置信的人是自己才對。

「好了，孩子們，別在這種地方像小女生一樣地吵起來，否則我就要叫你們『女孩們』了。」安萬里像是對後輩說教般一拍雙手，「重點是你們的敵人可還沒解決，這對對方可不禮貌。」

如果說一刻等人短暫的無視已經激起瘴的怒火，那麼安萬里那閒散得過分的態度，則是使得她的憤怒變成熊熊大火。

從兩邊斷臂處湧冒的黑氣越來越多、越來越多。

緊接著，所有人都發現到，甚至連瘴自己原本完好的身軀也在崩解、化成黑氣。

她想做什麼？當這個疑問不約而同地浮上眾人心頭時，有人卻先行一步採取行動了。

斗篷人影揭下自己的狐狸面具——露出的秀氣五官和蒼白皮膚，證實一刻並沒有說錯，正是秋冬語——握緊洋傘，瞬間再次掠身而出。她以常人無法辦到的速度和敏捷，高高地躍至空中，旋即洋傘就像劍一般地筆直揮落。

又是一道鋒銳弧光劃破夜空。

還來不及讓黑氣蔓延到肩部以上，瘴的頭顱就這麼先掉落下來了。

瘴瞪大她的紅眼睛，像是一時間無法理解發生了什麼事。

可是下一秒，如同野獸的吠笑聲就從她的口中溢出來。

「哈哈哈哈哈！愚蠢的舉動，愚蠢的神使！現在——同歸於盡！」

那拔得尖銳的大笑就像一個訊號，剎那間，由瘴的身軀崩解而成的大量黑氣如同潰堤，猛地向著一刻等人的方向而去。

那是黑色的霧，那是黑色的浪，它即將要將前方的一切全部吞噬掉。

「吃了你們！吞了你們！連一點也不剩！」滾落到一邊的頭顱像是詛咒，像是咆哮，更像是歇斯底里的笑，彷彿絲毫不在意自己眼裡的光芒減暗，形體也在變淡。

在這陣尖銳不祥的吶喊聲中，黑色的霧氣就要如狂浪般拍打下來。

「小語，到結界裡來，也別讓任何一個人出來。」安萬里瞇眼望著那張牙舞爪的黑氣，接著竟是獨身上前一步。然後就在黑氣淹來的前一秒，他的手臂驀然向前一揮，手中不知何時抓著一本攤開的書。

「『死即睡眠，它不過如此。』（出自哈姆雷特）」當這道溫雅的嗓音溢出，安萬里細長的雙眼亦染上碧綠色彩，左半邊的臉頰覆上灰色岩片，身上的格紋襯衫和長褲轉瞬間成了一身月白長袍，不同於常人的奇異氛圍環繞身周。

同時間，黑氣迎撞上來，卻是重重地撞擊在一面平空出現的淡白光壁上。

那面巨大的光壁可說是拔地而起，擋在安萬里身前，將所有神使和人類都保護在其中。

就像是承受不了那份衝擊造成的反彈，黑氣登時淡化、散逸，直至完全消逝在夜空下……

「順帶一提，我並不是神使。」佇立於光壁內的安萬里單手揹後，原本斯文的笑意化成一片深不可測。

「不……」眼裡只剩一點光芒的瘴的頭顱扭曲了臉，宛若無法置信地放聲狂吼，「不不不！神使公會的副會長怎麼可能是妖怪？妖怪怎麼會和神使聯手？他們是可恨的神使！我等才是你的同胞！」

「這個嘛，爲什麼不呢？」安萬里溫和地笑了，碧瞳卻是深沉得像誰也無法窺透，「神使公會可有一半的成員都是妖怪，我們喜歡人類，也不覺得仗著自己有力量就盡情殺害人類是一種驕傲，我們只想安穩地在這個世界生活。再附帶一提，我尤其愛極了人類的文化，沒有了它們我會很苦惱。」

安萬里闔上書，斂起微笑，嚴肅萬分地說，「特別是文學和蒼井索娜，她眞是天使。」

「……誰？」比起對安萬里身分的震驚，一刻現在下意識更好奇那人名是誰。

「……有名的愛情動作片女星。」柯維安皺著臉，像是百般不願意地含糊擠出聲音。

一刻愣了一秒，才醒悟過來柯維安爲什麼會如此不情願。

靠，這不就擺明了安萬里的另外一項嗜好是看A片嗎？男人看A片很正常，但這樣光明正大表示的，還眞是……

而顯然瘴也是完全不了解安萬里口中的人名是誰，她用盡最後一絲力氣嘶吼，「不要以爲是你們贏了……願望、希望、渴望，只要欲望還在，我等就永遠不滅！爲了『它』……『它』會甦醒的！『它』是『唯一』——」

安萬里的臉色在這刹那眞的變了，他揮手解除光壁，一個箭步衝上前，然而那同時也是瘴說出的最後一句話。

紅眼裡的光芒徹底消失，那顆頭顱潰散成一灘黑泥，泥中有人影浮出，雙眸緊閉，髮絲淺褐過肩，一點淚痣附在眼下。

赫然是楊百罌。

隨著黑泥全數沒入地面，瘴的氣息徹底自楊家庭院中消失了。

原先環在四周的白霧也散盡，地面只見多名僕役橫倒；爲了山神祭準備的篝火，出乎意料地尚未熄滅，仍在靜靜地燃燒著，偶爾隨著火星迸濺出來，爆出幾聲聲響。

「百罌……百罌！」楊青硯直到這時候才終於不再壓抑自己的緊張和憂心，急急地想上前探望自己的孫女。只不過他忘了自己長年受到瘴的操控，氣力在無形中早就耗損大半，猛然站起身體頓時使得他眼前一黑。

「年紀一把就少逞強。」曲九江攙扶住自己的祖父，嘴上還是冷言冷語的嘲諷。

楊青硯看了曲九江一眼，當然也沒漏看他頸上和臉邊的白色神紋。他沒有拒絕曲九江的攙扶，等到來到楊百罌的身旁，讓自己坐下後，他慢慢吐出了一口氣。

「七年沒見，你這小子居然長得比我高，也比我壯了。」

「你是白痴嗎，老爺子？」就算是面對自己的祖父，曲九江的語氣還是刻薄傲慢。

楊青硯的臉部肌肉忍不住一抽，但接著他又聽見曲九江說：「都七年了，你還以爲你正青春嗎？你已經老了，老爺子。」

「哈，的確……你們兩個都大了，我自然是老了……」楊青硯的笑聲聽起來更接近嘆息，「是嗎？已經……七年了啊。」

曲九江沒有再接話，只是沉默地和楊青硯一同顧守著楊百罌醒來。

這對祖孫誰也沒有多說起這七年間所發生的事。

楊青硯明白曲九江已知道一切事情的始末；曲九江終於了解楊青硯所有作爲的意圖。

可即使如此，楊青硯依舊抹滅不了心中的愧疚感，不論是對曲九江或是楊百罌。

當年要是他的意志夠堅定，就不須假藉理由將曲九江趕出楊家，也不會使得楊百罌將自己逼得太緊，日後讓瘴有機會趁虛而入。

「……抱歉，九江。」沉默好半晌，楊青硯還是沙啞地說了，「讓你和百罌吃了苦……」

曲九江卻是哼笑一聲，「別蠢了，老爺子，楊百罌可不會認爲她是爲你才勉強自己，她只是有時不知變通而已。至於我，我從來不會讓自己受到什麼狗屁委屈，否則定會回報十倍。」

最後一句話，曲九江的語氣變得陰狠，但在同時無異也表明了他不認爲這七年來是楊青硯的錯。

打從一開始，就沒有這樣認爲過。

「更何況，我沒有自己離開家，如今我也不會是神使。」曲九江甚至把七年前的事，改成是憑自己意志離開。

就如同一刻所想，大部分的人事物，曲九江都不放在眼裡，只因爲他在意的是那少部分。他只在意他的家人，現在或許還要再算上一個同時身兼同學和他的神的室友A。

「白頭髮的那個就是我的神。老爺子，他和我一樣都是混血的，雖然看起來不怎麼強，但勉強還是能接受。」曲九江的語氣像有些瞧不起人，但是楊青硯可不會忽視自己孫子眼中的滿意和愉快。

雖說不是很明顯，楊青硯還是感覺到曲九江有點改變了，朝好的那一面。

「看樣子，你交到一群不錯的朋友。」楊青硯若有所思地望著一刻等人的方向。

「別說笑話了，我沒有朋友。」曲九江的臉上立刻閃過嫌惡，「白頭髮的是宮一刻，另一個是室友B，剩下的是同系的學長和同學。」

假使柯維安又聽見自己被人喊作「室友B」，想必會苦著臉，說自己好歹也是有名字的。只不過他和一刻的注意力，現在都放在同樣昏迷的珊琳身上。

沒有了瘴的寄附，綠髮的小女孩看上去就像普通稚氣的孩童。

忽然間，珊琳的眼睫眨動，隨後慢慢地睜開眼睛。

那是一雙濕潤如深棕泥土的眸子，完全不復見一絲濕冷、古怪。瘴的污染的確是拔除了。

珊琳起初還有些傻愣愣的，她撐坐起身子，茫然地環視身周。緊接著，一切記憶似乎都回復過來。

她睜大眼眸，下一秒豆大的淚珠滾落，然後就像旋開的水龍頭，淚水越冒越多，一下子就弄花了她的小臉。

一刻和柯維安可沒料到珊琳的這個反應，他們登時慌了手腳。

「喂，快去安慰她啊。」一刻連忙用手肘撞了柯維安一下，「這不是你最擅長的範圍嗎？她可是蘿莉耶。」

「不對、不對，我對這一點也不擅長。」柯維安忍著痛，慌張地壓低聲音反駁，「小白你誤會了，而且這年紀的對我來說太大了，三歲以下的才是最棒的蘿……唔噗！」

「媽的，變態。」一刻毫不同情地冷酷睨望著又挨上自己一擊的室友。

「妳……在哭。」這時候，屬於女性的聲音插了進來。裹著斗篷的秋冬語彎下腰，漆黑的眸子倒映出珊琳哭泣的臉龐，「老大告訴我，眼淚是鹹的……我可以舔舔看嗎……？」

頓時，珊琳就像受到驚嚇地止住哭泣。她縮著身子，猶帶淚霧的眼眸瞠得大大的。

一刻也吃了一驚，馬上扭頭望向秋冬語。

早從人文學院一起進行埋伏行動的時候，他就覺得秋冬語的身上像帶著祕密，情緒也全然不像一般人會有明顯的起伏。眼下的問句，更加深了她那一份古怪。

「那樣會變成性騷擾的，小語，這名可愛的山精已經夠難過了。不過我想她可以不用那麼難過，關於山神的部分。」安萬里在珊琳的身前站定，溫和地問了一句，「你們難道都沒有想過嗎？爲什麼珊琳妳可以離開山的區域，到外面去？」

「因爲……因爲……」珊琳哽咽地說，「因爲神明大人設了保護我的結界，但我卻還是引來了……」

「那麼，」安萬里溫和地打斷珊琳的自我責怪，「爲什麼結界的效力還在，一直到被打破才消失呢？」

「因爲……」珊琳張大眼，淚水一時間像忘記落下，一個小小的希望像火苗般在她心中點燃。

「根據那名瘴所說，七年來它不斷吞食比它弱小的瘴。如果結界的主人真的不在了，是難以持續困縛住它的。是的，就像妳現在猜想的一樣。」

知道包括後方的楊青硯也不禁屏氣聆聽，安萬里微微一笑，「楊家的山神沒有離開，祂一直都在，只是進入了沉眠而已。身爲『守鑰』一族，我是不會說謊的。」

第三章

「守鑰」一族？那又是什麼？

一刻感覺到今夜的問題對他來說眞是太多了，但他還是暫時強按下好奇。這些都可以日後再問，現在最重要的……是楊家山神的行蹤。

「神明大人……神明大人沒有離開？」珊琳的眸子頓時迸放出煙花般的狂喜，可是隨即又黯淡，小臉上更是閃動著泫然欲泣，「但是祂沒有……爲什麼祂一次也沒有回應我……我明明用盡力氣地呼喚……」

「就像我剛剛說的，祂只是進入了沉眠而已。」安萬里溫聲安撫，像有用不盡的耐心，「祂太累了。不過妳可以再試著呼喚一次看看，這次讓小白，讓一刻陪妳一起。」

「等一下，我？」忽然被點名的一刻不由得面露錯愕。

「是的，除非你不叫宮一刻，小白。」安萬里回過頭，似笑非笑地說，碧綠色的細長眼睛瞇起來。

一刻現在可以體會柯維安爲什麼總是說安萬里是狐狸眼、狐狸笑了，那模樣眞像是狐狸在不懷好意地打量著自己。

「更重要的一點，小白，除非……你不是牛郎和織女的孩子。」安萬里的最後一句話，無疑是猝然扔出了一枚重磅炸彈。

柯維安不知道其他人是怎麼想，但自己確實是被炸了個七葷八素。

誰的孩子……？

牛郎和織女的孩子⁉

「不不不不會吧！」柯維安結結巴巴地大叫，「那個『牛郎織女』？神話故事、七夕傳說裡的那個『牛郎織女』嗎⁉我、我的老天啊！小白，你原來是神使也是半神嗎？副會長，爲什麼你都沒告訴我？我可是小白的麻吉兼室友耶！可惡、可惡……虧我連小白的內褲尺寸都知道，偏偏就是漏了這最重要的情報！」

一刻已經不想吐槽柯維安究竟是在爲哪件事吃驚了。

「這就是爲什麼我是副會長，你是一般會員的原因了。」

安萬里彈了下手指，原先妖異的外貌又變得與常人無異，碧綠褪去，漆黑重新染上眼瞳，就連身上的衣物也變回格紋襯衫和筆直長褲。

「開玩笑的，我本來就有察覺到小白身上有幻術施加的痕跡。我畢竟活了七百年以上，要是連這都發現不到，那這些年還眞是白活了。不過，那也是別人的隱私。是之後小語向我報告，她在小白身上聞到奇特的味道，我才開始調查。我們公會碰巧也有人知道你……抱歉，小白，如果這樣讓你感到不愉快的話。」

「……不。」一刻搖搖頭，「沒關係，學長。所以我該怎麼做？」

「雙手放在珊琳的肩膀上，集中精神。」安萬里說，「你流有神的血脈，你的神力應該能和此地的山神產生呼應。還有，珊琳，什麼也別想，儘管呼喚祂就是了。」

珊琳抹去眼淚，不顧雙眼還紅通通的，她大力地點下頭。

當一刻一靠近她，雙手按在她的肩膀上，她仰起頭，小小聲地說了一句，「對不起……為我做的一切。」

「沒關係。」一刻只是簡短地這麼回答，彷彿之前遭遇到的都只是不值一提的小事。一刻沒有說「那不是妳的錯」，也沒有多找話安慰，可是珊琳卻有種鬆口氣的感覺。自甦醒至今盤踞在心頭上的壓迫感，好像也跟著減輕了一些。

做了一個深呼吸，珊琳集中心神，先是細聲地喃喃，接著放聲吶喊。

「神明大人……神明大人，求求您回應我！求求您……求您聽到我的呼喚！」

在綠髮小女孩聲嘶力竭的大喊中，所有人都看見一刻左手無名指上的神紋浮現光芒。那份光芒轉眼間竄上天際，再像支橘色的箭矢，迅速地直直射向地面。

「神明大人——」

剎那間，箭頭撞上大地，一股無形波動如漣漪般擴散，地面隨即一陣輕微的晃動。

等到晃動停止，楊青硯不由自主地屏住呼吸、挺直背脊。

珊琳的眼淚又滿溢了出來，控制不住地滴滴答答墜下。

就在祠堂前方，一抹纖細的半透明身影正佇立在那兒。

她的髮絲長及地，碧綠如山林，一雙眸子深棕如濕潤的泥土；映入眾人視野內的娉婷女子，簡直就像是成人版的珊琳。

那位正是楊家的山神。

「她……」一看到那半透明的身影，一刻就像明白了什麼，眼中閃過訝色。

「噓。」安萬里似乎明白他要說的話，做了個噤聲手勢。

「神明大人……」珊琳的眼淚掉得更凶，她什麼也沒辦法思考，只能拔腿奔往那抹身影。

那是她的神，創造自己存在的神。

「神明大人！」

然而山神卻是對著珊琳溫柔地搖搖頭，然後蹲下身子，在哭得抽抽噎噎的珊琳耳邊輕聲訴說了什麼。

誰也聽不見話語的內容。

只見到珊琳先是猛烈地搖頭，雙眸大睜，淚水像怎樣也無法停住。

可是當山神伸出半透明的手，如同母親般撫上珊琳的臉頰，嘴唇開闔，像是又告訴了她什麼，珊琳臉上的傷心轉成堅毅，如同下了某種決心，復而用力地點下頭。

彷彿交代完某項委託的山神，憐愛地親吻上珊琳的額頭，隨後重新站起身子，對著楊青硯和一刻等人的方向輕輕一欠身，便像是泡沫般消隱，宛如一開始不曾存在。

「消……消失了？」柯維安喃喃地說，「爲什麼山神又……」

「我剛說過了，維安，祂太累了。」安萬里低聲說，語氣有絲遺憾，「祂只是無名神。」

「無名……」柯維安自然不會不知道何謂「無名神」。

——事實上，世間僅有部分的神擁有著「神名」，被世人從古至今信仰著、祭祀著，例如織女、文昌帝君、媽祖等等；更多的神是不具備神名的無名神，祂們的力量會隨著歲月而衰弱，最後湮滅於這塵世中……

而當柯維安醒悟到安萬里話裡的遺憾，以及他剛說的「祂太累了」的意思，他陡地短促抽了一口氣。

楊家的山神，終於將無可避免地迎來這個結局。

「可是這樣的話……萬一班代一醒來，知道這事實那她的心結不就……」柯維安乾巴巴地擠出聲音。

上天就像是要和柯維安過不去，他才剛說出這句話，楊百罌那就傳來了一絲低低呻吟。

柯維安閉上嘴，緊張地瞪著慢慢睜開眼的褐髮女孩。

楊百罌撫著額坐了起來，嘴裡發出細微的呻吟，嬌艷的臉蛋上還留著一抹茫然。

「百罌！」楊青硯又驚又喜地喊著自己孫女的名字。

「爺爺……曲九江？我……」楊百罌的視線下意識停佇在楊青硯和曲九江的臉上，當她的目光觸及曲九江的白色神紋，昏迷前發生的所有畫面，瞬間像浪潮般一口氣衝湧進腦海裡。她煞白了臉，瞳孔收縮，迅速地伸手摀住嘴，卻還是阻擋不了那聲破碎的哽咽溢出。

楊百罌沒有因爲瘴的消滅，就忘掉自己曾做過什麼。她不但愚蠢得被瘴寄附，還攻擊……還出手攻擊……

「不對、不對，那不是百罌的錯！」隨著那聲像用盡力氣的大喊響起，一抹瘦小身影也猛力地撲抱上楊百罌。

珊琳緊緊地抓著楊百罌的衣角，不停地大聲道歉，「對不起，百罌……對不起，百罌，我會更堅強的！我會努力成長的！我會、我會……」

珊琳再也控制不住自己的淚水，山神的話語依舊言猶在耳。

「妳等於是我的孩子，有一天妳將會成爲這裡的守護神。」

「不要爲我悲傷，即使我將不復存在，但不代表我離去，我的一切都將化爲這裡的一草一木。」

「答應我，珊琳，代替我好好守護這個地方。」

我會的……神明大人……我會的！

「總有一天我會繼承神明大人的意志，我答應祂了，我會和妳一起好好守護楊家！」說到最後，珊琳的哽咽變成了嚎啕大哭。她將臉埋入楊百罌懷裡，不管不顧地放聲哭泣起來。

楊百罌低頭望著哭得像是在傾倒出積壓一切的綠髮小女孩，手指無意識地撫上她的背，一下一下地輕輕拍撫著。

這時候，一抹陰影從她上方罩下。

楊百罌抬起頭，眼裡納入了白髮男孩的身影。

對方沒戴眼鏡的樣子，還眞的像是不同的另外一個人……楊百罌恍惚地想。

「我不知道妳爲什麼會覺得神使好。」一刻說。

「小白，你這樣別說是安慰人……聽起來比較像是威脅人啊。」柯維安躲在一旁，壓低聲音地說。

「閉嘴，聽我講完。」一刻順道給了對方一記銳利的眼刀。

「楊百罌，反正妳先聽我說完就是。」無視柯維安，一刻繃著臉，繼續說下去，「成爲神使只會被人吃得死死的，那神會毫不客氣地奴役妳、使喚妳，要妳幫忙洗衣、燒飯、買布丁，他媽的簡直像全職保母，還是沒有薪水的那種。」

「……所以你這是在暗示我什麼嗎，小白？」身爲新晉神使的曲九江挑起了眉毛。

「暗你媽！老子是在說自己的悲慘血淚史啊！」一刻大怒地回頭一吼，原本就不可親的臉，此刻看起來更是愈發猙獰，「神明什麼的，尤其是書上出現的那一種，十之八九都不能相信，全都是來破壞人們想像的。成爲那些傢伙的神使，只會綁死自己。」

一刻忽地又轉頭，黑眸緊緊盯住楊百罌，「我沒騙妳，楊百罌。成爲神使，每天只會陷入在掐死妳的神或不掐死妳的神之間掙扎。像這種吃力不討好還沒錢領的職業，妳大可以不用那麼想不開。」

正做著這門吃力不討好還沒錢領的職業的柯維安刮刮臉頰，明智地不發表任何意見。

「還有，妳已經做得夠好了，我說真的。」一刻皺起眉頭，「我想不通妳爲什麼還要覺得自己不夠好？那些會在背後說妳閒話的，根本就沒看見妳的努力。」

楊百罌抱著珊琳，怔怔地望著面前一臉嚴肅的白髮男孩。

雖然對方的眼神凶惡，可是他是很認真地在說這些事。

他說：妳已經做得夠好了。

他說：那些會在背後說妳閒話的，根本就沒看見妳的努力。

楊百罌突然感覺到自己的心臟越跳越厲害，一股前所未有的悸動衝上心頭，就像煙火猝不及防地炸開一樣。

但是在她試著說出什麼話之前，淚水就先無預警地落下了她的臉龐。

第一次有人這樣告訴她，告訴她……做得夠好了……

如果不是聽見珊琳緊張地喊「百罌，妳怎麼哭了？有哪裡痛嗎？」，楊百罌還沒意識到自己正在哭泣，接著她就瞧見一刻朝自己遞出了手帕。

「這借妳，不用還也沒關係。」白髮男孩緊緊皺著眉頭，但看起來更像是在掩飾面對女孩忽然哭泣的不知所措。

楊百罌接過了那條小熊圖案的手帕，她擦擦眼淚，捏緊手帕，深吸一口氣，在覺得內心的沉重似乎減去不少後，終於張嘴發出聲音。

「你……」她希望自己的聲音聽起來不要太過顫抖，「你是笨蛋嗎？」

不、不對，她不是要說這個！

「這種安慰的方式很差勁，而且你居然還用小熊圖案的手帕？」

不，爲什麼她就是停不下來？她想說的眞的不是這個！

楊百罌反射性摀著嘴，前所未有的懊悔感令她想要咒罵自己，可是她已經看到一刻的臉色大變了。

「啊啊？小熊圖案有哪裡不好？老子他X的……」一刻的表情猙獰一瞬，剩下的話全部硬生生吞了回去。顯然地，他似乎不想衝著一個先前還在哭泣的女孩子破口大罵。

「小白眞是紳士。」安萬里笑咪咪地說。

「副會長……社長，我也是紳士啊！」柯維安連忙也挺起胸膛。

「不，你那叫變態。」安萬里微笑著，不容反駁地給了這麼一句回應，「好了，去把小白帶過來，讓人家一家人能夠單獨地好好說話。」

一刻倒是自己先走過來了。

楊百罌發誓自己還聽見一刻離去時發出不悅的咋舌聲，她愈發懊悔地將臉埋入雙掌裡。

楊青硯哭笑不得地嘆氣，他都這年紀了，怎麼會看不出自己孫女的眞正心思。只是……唉唉，百罌在感情上的情商，恐怕還要再加把勁才行……

「給我坐下，小子。」發現到曲九江站起打算離開，楊青硯不客氣地將人一把拉下，「安慰一下百罌，她可是你的姊姊。還有，也給我說說這些年的事……你不會以爲我眞的都不會問吧？」

曲九江裝作無視了前半句——他不認爲楊百罌會需要誰的安慰，況且楊百罌自己都從掌心內吐出了冷冰冰的聲音：「曲九江，我絕對不想要……」——他撫上神紋，然後開始訴說著他離開楊家的這些年。

「媽的，累死了……」

一刻沒有走到柯維安他們身邊，而是自顧自地來到山神祠旁，靠著石壁坐下。想當然爾，柯維安馬上黏了上來。

「別靠過來，礙眼。」就算沒睜開眼，一刻也還是能精準地一揮掌，不偏不倚就把那張湊近的臉拍開，「柯維安，說好要給我的東西別忘了，否則鐵定宰了你。」

「知道、知道，這我可沒忘記。兩隻繃帶小熊，對吧？我最近一定會弄給你的。」即使一刻沒睜眼，柯維安還是拍胸脯保證，「小白，我做事，你放心！」

一刻哼了一聲，當作相信他的回答。

「繃帶小熊？」安萬里詢問似地插入話。

「是……市面上非主流的一種食玩，特色是身上纏滿繃帶，手上拿著不同的東西……例如，突擊步槍、百式衝鋒槍、左輪手槍。」秋冬語細聲地說，嗓音還是輕飄飄的，「向來深受特殊愛好者喜歡，最近的情報……是和草莓蘇打合作促銷。」

「喔喔喔！眞不愧是小語，連這種冷門情報都知道！」柯維安熱烈鼓掌，「副會長，因爲我當初開條件拉曲九江和小白來幫我調查駱依瑾的事嘛。曲九江的報酬是有關神使公會的消息，不過反正我們就想拉他入伙了，這簡單得很。至於小白，就是兩隻繃帶小熊了。」

「看在你這回辛苦的份上，維安，給你一個好消息，老大那前幾天有得到一隻繃帶小熊；再給你一個壞消息，他最近心情很不好。」安萬里說。

「嗚啊……你這不如不要說嘛，我才不想找死。」柯維安苦著臉。

「我只是告訴你事實而已。」安萬里一派悠閒地聳聳肩，目光轉投向張開雙眼的一刻，「小白，你像是有問題想問？可以儘管提出來。」

「好。」一刻也沒有遲疑，他瞇起眼，像是想看穿一切地緊盯著皆是神使公會的三人，「秋冬語也是神使嗎？神使會公裡有很多妖怪？那隻瘴，爲什麼和我以往見過的都不一樣？不用等欲線碰地，它就能入侵人類……還有它最後說的『唯一』是什麼？誰會甦醒？你知道，或者說你想到了誰，對吧？學長，我看見你那時的表情變了。」

「否定，我並非是……」秋冬語剛開口，就遭安萬里抬手打斷。

「你的問題出乎我想像的多呢，小白。」安萬里輕推鏡架，唇邊還是斯斯文文的笑，「小語不是神使，但她是什麼我不會告訴你。神使公會裡的確有不少妖怪，妖怪的數量可能還比神使多，畢竟要遇上神，可比遇上妖怪困難多了。至於你說的那隻瘴，我也是第一次聽說過。可惜來不及留下一口氣，不過維安的電腦還是留有畫面資料的。」

「嘿嘿，因爲我的心肝可是有把大部分的經過都錄下來，即時傳回公會！」柯維安高舉自己的筆電，得意地咧出一口白牙，「所以小語和社長才來得及趕到這裡。」

「最後，有關那瘴說的『唯一』……小白。」安萬里蹲下身子，鏡片後的黑瞳直望著一刻，「你聽過關於我們妖怪的記述嗎？妖怪，有很多種；有的克制，有的毫不在意去傷害他人；有的是唯一，有的無處不在。『無處不在』，主要指的是種族龐大、輕易可見；『唯一』，指的就是字面上的意思。」

「字面上的意思……？」一刻的眉毛緊皺起來。

「是的，字面上的意思。唯一，獨一無二，除了自己就再無其他。『它』不是種族，『它』就是自己。我活了好幾百年，我知道只有一個這樣的存在，它現在的確在沉眠。」安萬里溫聲地說，沉穩又柔和的嗓音令人不自覺想要依靠，「但是，除此之外的訊息我不會告訴你。小白，你是我可愛的學弟，但這是公會的情報，想要知道，就加入我們公會。」

要不是安萬里和自己是同一方的人，柯維安差點就想說：這是哪來的強迫入會方式？太威脅人、太流氓……好歹也強調現在入會可是有環保袋買一送一嘛，副會長大人。

一刻瞪著那張和煦如春日的笑臉，半晌後他吐出一口氣，「不要，等之後再說吧。」

遭受拒絕的安萬里完全不以爲意，他笑笑地站了起來。

「那麼，就照你所說的，小白，我之後會再問你。也或許，公會的其他人會先找上門來邀請你和你的神使。無論如何，妖怪成爲神使都是前所未見，並讓人感到好奇的事……噢，我想我有事得先離開了。」安萬里就像忽然注意到什麼，語氣惋惜地說。

隨著他剛說完這一句，站在他身旁的秋冬語居然無預警地往前一倒；而安萬里如同事前已經預料到，毫不意外地迅速伸出手臂，穩穩地承接住那具纖細的身子。

「秋冬語!?」一刻錯愕地站直身體。

「放心、放心，小語只是電力不足，需要充電。啊，這只是比喻喔，小白，可不是說小語眞的是機器人。」柯維安怕一刻誤會，趕緊再補充道：「小語要靠吃很多東西補充體力，她今天可能吃太少了，才會暈倒。」

「她今天吃的是不多，早餐四個飯糰加三顆橘子，午餐兩碗拉麵加一份特大號豬排飯。晚上沒吃晚餐，怪不得會暈。」安萬里輕鬆地將秋冬語扛在肩上，他看起來文弱、書卷味重，沒想到力氣還挺大的。

不，就算晚餐沒吃，早午餐的分量也夠誇張了……一刻望著安萬里和秋冬語如同來時般突如其來，去時也是悄無聲息，心裡複雜地想。而當他一轉頭，映入眼裡的赫然是柯維安臉孔的放大特寫。

「嚇！幹！」一刻反射性一掌巴上去，還得對投來關注的楊家人和珊琳揮揮手，表示沒什麼。

「嗚喔喔喔！小白你好狠的心……」無端挨了一掌的柯維安含淚控訴，「人家只是想問你爲什麼不加入公會？公會裡有蘿莉、有正太，簡直是天堂！就加啦加啦加啦加啦！」

「加你去死！」怕音量過大，一刻低喝，再附贈一記中指，「柯維安，拜託你不要再暴露你是變態的事實了，我可不想哪一天看見你上社會版頭條。」

「放心好了，小白，我可是什麼事也不會做的！」柯維安自信滿滿地抬頭挺胸。

「靠，你做了還得了？」一刻瞪他一眼，「我現在就是沒興趣加不行嗎？再吵就宰了你。」

「小白，我忽然有點懷念你戴眼鏡時的脾氣了……咳咳，不是，我是說……」急著改變話題的柯維安陡地靈光一閃，「神！小白，你的神！我可以看看你的神的照片嗎？你有吧？拜託讓我看讓我看讓我看讓我看……」

「你不煩死人不甘心嗎？」一刻鐵青著臉，至今依舊不明白自己怎麼就是被柯維安纏上了，他本來還以爲是自己的神使身分被發現，誰想到不是。

雖然嘴上這樣咒罵，一刻還是從口袋裡掏出他的手機，點按了幾下，就將手機扔給對方。

沒想到柯維安一看見上頭的照片，立刻發出一連串興奮喊叫，「就是她！小白，你怎麼知道我一直想再看你妹妹的照片一次？天啊，她超可愛的！是我見過最可愛的蘿莉NO.1！不過這男人居然可以抱她，真是令人羨慕……不對，是太可恨了！小白，這種帥哥很可能是變態戀童癖，你還是讓他離你妹妹遠一點比較好。他該不會就是你的神吧？哇，看上去就是一副大少爺樣，需要人服侍，怪不得你抱怨一堆。」

「……啊？你到底在說什麼鬼東西？」比起吐槽柯維安才是那個最有潛力成爲變態戀童癖的人，一刻更想弄明白他現在說的內容。

那小子是說中文吧？爲啥他一個字都聽不懂……

「咦？就這張照片啊。」柯維安指著手機說道。

小巧的螢幕上，顯示出的是一刻與另外兩人的合照。

一人是俊美無比的年輕男子，髮絲微鬈，一雙勾人的桃花眼，穿著深色西裝，乍看下眞讓人忍不住以爲是哪來的男公關，還絕對是NO.1的。男子的臂彎裡則是抱著一名嬌小的黑髮小女孩，長髮如光滑的綢緞、細眉大眼，眉宇間有著一絲傲氣，精緻的五官搭上一身粉色的滾邊洋裝，簡直就像一尊洋娃娃。

至於站在兩人身邊的，就是一頭囂張白髮、雙耳掛著多個耳環，還穿著高中制服、板著一張臉的一刻。

「小白，你以前還有戴那麼多耳環耶，超像不良少年的！」柯維安嘖嘖稱奇。

「不是像，本來就是了。」一刻不耐煩地說道：「你的重點是這個嗎？」

「你剛說出有點驚人的話……不是，我是要說這名可愛蘿莉！」察覺到對方的眼神不善，柯維安馬上指著照片中的可愛小女孩，「這是你妹妹吧？小白，剛搬進寢室的時候，我有一次見你手機扔桌上，那時的待機畫面就是她的照片。我當場就明白什麼叫作心臟遭受重擊的感覺，這是戀愛，我猜這就叫作戀愛！」

柯維安猛地抓握住一刻的手，雙眼放光，「小白，從那時候我就發誓，有一天一定要請你將妹妹介紹給我，不如就明天怎樣？」

一刻瞪著面前的娃娃臉男孩，卻沒有咒罵「變態」兩字，相反地，他的表情古怪。

「柯維安……你別告訴我，你當初會莫名其妙地黏著我不放，是因爲這個原因？」一刻慢慢地說。

柯維安撓頭傻笑。

一刻還是反常地沒有對自己的室友投以冷酷的目光，他抹了把臉，再重重地呼出口氣。

「小白？」柯維安不明所以。

「柯維安，那不是我妹。」一刻說，「那小鬼的名字就叫作織女，抱著她的傢伙叫作牛郎。」

「喔喔!原來這可愛蘿莉的名字是織……」柯維安驚喜的聲音驀然卡住，他張張嘴巴，看看手機照片，再看看一刻，一臉目瞪口呆。

織女？

牛郎？

七夕神話裡的牛郎織女!?

「她她她……你你你……」柯維安連話都說不清楚了。

「別瞎猜了，牛郎那傢伙不至於會禽獸到對一名幼童出手。」一刻顯然不意外柯維安的反應，他聳聳肩，「織女只是在人間才用小孩的模樣出現，她的眞身可是大人。附帶一提，我身上的幻術就是她弄的，讓人看到黑髮而不是白髮的那個。不過效果是一次性，如果用了神力就會打破。」

「啊……」柯維安費了一番力氣才總算閉起大張的嘴巴，他不知道該失望那名宛如天使的小女孩居然是有夫之婦，還是失望她並不是真的孩童，「可是小白，為什麼要弄幻術在你身上？你根本是徹底改變形象了耶！」

「想要低調的話，白髮就太引人注目了吧？」一刻像反問地挑挑眉，「我進大學前想染普通點的顏色，不過怎麼染都染不成。織女那傢伙說，可能是因為半神的關係，體質有點改變了吧。」

「哎？低調？」柯維安吃驚於對方給出這個回答，停在手機按鍵上的拇指同時也失手滑按了下去。

螢幕上的照片登時又變了一張。

這次同樣是三人合照，其中之一的主角還是一刻。分別站在一刻左右，還挽著他一隻手臂的，則是一對外貌如出一轍的少年、少女，眼眸是不屬於東方人會有的淡藍色。

哇！混血兒雙胞胎！柯維安內心讚歎。

少年繫著耳機，看起來寡言安靜；少女戴著粗框眼鏡，留著兩條細長的辮子，卻難掩清麗。兩人不但容貌相似，包括直視鏡頭，如同宣誓的眼神也是同樣堅硬。

「沒錯，就是低調，因爲我有一對愛操心操過頭的青梅竹馬。」不知道柯維安點到了其他照片，一刻緊皺著眉頭，語氣聽起來像在抱怨，但仔細觀察就會發現裡頭蘊含著縱容，「他們當初可是想跟我塡同一間大學。見鬼了，他們的分數那麼高，就該去讀碩陽。」

「哇，第一學府呢！」柯維安佩服地咋了下舌，「那小白你後來是怎麼說服他們的？啊，難道說就是……」

「低調、不惹麻煩、不和人打架、不弄傷自己，總之就是讓自己像個路人甲。」一刻翻下白眼，「原本想說繁星市沒什麼瘴，沒想到一碰上就是一個超麻煩的。」

「呃……可是，小白，你現在可不像個路人甲了。」柯維安好心提醒，「到時同學們一定會大吃一驚。而且就像狐狸社長說的，之後可能會有公會的其他人找上門來，繁星市出了一名妖怪神使的事，估計很快就會傳出去了。」

一刻的身子僵住，隨後惱怒地耙亂髮絲，「該死……柯維安，你覺得我現在取消和曲九江的契約，成功的機率有多高？」

「零！事實上，我覺得曲九江更可能拿刀砍你。」

「幹！那我隱瞞我青梅竹馬的機率呢？」

「唔，如果小白你說的青梅竹馬是指這兩人的話，」柯維安將手機轉過，「我想也是零。我覺得這兩人對掌握你的生活動態都是勢在必得的類型，他們一定會知道的。」

一刻瞪著照片裡被左右牽制住的自己。太棒了，連他自己也是這麼覺得……

「啊！混帳！大不了老子自己先自首總行了吧？」一刻一把搶回手機，腳步重重地走向另一方，「反正那兩個傢伙都在碩陽了，我就不信他們還能怎樣？這是大學，可不是高中了……」

目送著白髮男孩唸唸有詞地打算找個地方打電話，柯維安吞下想提醒對方現在可是凌晨時分的話，以及——大學可也是有轉學考的。

「啊啊，確實眞是累人啊……」柯維安抓著筆電伸了一個懶腰，瞥見遠方天際已經有一塊隱隱浮現魚肚白，他終於有種一切都結束的眞實感。

不會有人知道這裡曾發生過多激烈的戰鬥，他們只會覺得這是與往常無異的一日。

而明天，明天他將會把「不可思議社」的木牌掛在文同會的旁邊，趁機宣告著他們這個新社團的成立，他可是前幾天就偷偷申請過關了。

嗯，沒錯，這主意眞的是棒透了！

第四章

不可思議社

一大早，瞪著那塊就掛在文同會社辦大門旁的黑字木牌，一刻可沒想到柯維安不但沒有放棄他的計畫，甚至還利用假日社團大樓沒什麼人的時候，神不知鬼不覺地眞的徹底執行了。

「見鬼了，學校怎麼可能會眞的讓這種一聽就很唬爛的社團通過？」一刻不敢置信地咋了下舌，瞥了得意洋洋站在他身邊的柯維安一眼。

那個總是筆電不離身的娃娃臉男孩挺起胸膛，臉上就是一副「快多誇獎我幾句」的表情。

一刻哼了聲，一點也不打算完成柯維安的願望，下一秒就是大步邁入社團辦公室內，不客氣地把人晾在外面。

「咦？欸？等等啊，小白！」見一刻就這麼丟下他不管，柯維安慌慌張張地追了進去，「身爲我們不可思議社的副社長，你不是應該表現得高興一點、熱情一點嗎？」

原本要把自己扔到沙發上躺著的一刻停住了腳步，猛地回過身，一雙眼睛在鏡片後危險瞇起。

「……什麼副社長？」就連聲音聽起來也是格外地危險，「柯維安，你他媽的再給我說一次。」

即使面前的白髮男孩又重新戴起無度數的平光眼鏡，可是柯維安得說，自從對方的僞裝幻術碎裂後，那份一直以來隱藏深處的凶狠銳利，就像是不願再受到壓制般掙脫了出來。

他不知道小白有沒有感覺，但他現在眞的覺得自己像被猛獸盯上的獵物，例如蛇與青蛙之類的，而他當然就是那隻可憐的青蛙。

不過要是柯維安輕易就被這麼嚇退，那他也不可能成功地纏了一刻超過一學期，還安然無事地與對方共用一間寢室。

「因爲一年級還沒辦法當社長嘛，所以社長我就先塡了安萬里那個……」柯維安忽然頓了一下，警覺地東張西望，確定星期一早上的系辦只有他和一刻兩人之後，才安心地將剩下的話說出口，「那個狐狸男的名字。小白，你等二年級就可以當我們的社長，然後我是副社長，這主意眞的很棒對不對？而且不可思議社正式成立，會更容易收集到古怪事件的情報，對我們狩獵瘴也一定更有幫助！小白你也同意吧？拜託？」

說到最後，柯維安張大眼，擺出最無辜的表情。襯著那張青稚的娃娃臉，乍看之下令人想到無害的鄰家男孩。

事實上，柯維安在楊家「山神事件」結束後，偷偷調查了下一刻，但也僅僅是最基本的一些個人資料，像是喜好、興趣。他相當懂得適可而止，畢竟再深入就變成窺探他人隱私了。

身爲對方的朋友，他絕對不做這事的。

而在調查中，柯維安知道外表像是不良少年的一刻——本人也承認不只「像是」而已——實際上對可愛的東西缺乏抵抗力。

原本柯維安還有些半信半疑，但在隱藏髮色的幻術失效後，一刻似乎也有些自暴自棄地放棄再刻意低調，除了他還戴著眼鏡外，他的手機殼也換了顏色，從藍變成粉紅，上頭也多了一大串可愛的小花、小熊吊飾。

如果不是親眼看見一刻拿在手中，柯維安一定會以爲那是哪來的高中女生的手機。

面對柯維安眨巴著大眼凝望自己的模樣，一刻本來陰沉的臉色也有了動搖，雖然只是一瞬。

下一剎那，一刻硬邦邦地擠出一句「隨便你」，就把自己扔進沙發裡，從鄰近桌子旁抓了一本書攤開蓋在臉上，像是拒絕再被人打擾，又更像是對自己的認輸生著悶氣。

柯維安咧開了笑，抱著筆電坐進沙發對面的椅子裡。

星期一早上，中文一沒有必修的課程。雖然柯維安和一刻有著共同的選修，但他們有志一同地選擇了蹺課。

在經過「山神事件」後，他們覺得需要放鬆一下，文同會社辦自然就是最佳的選擇——現在也是不可思議社的社辦了。

兩天前，一刻他們和系上其他同學一塊到班代楊百罌的家參加系烤活動，卻沒想到會在夜間牽連進一連串異變之內。

楊家上下遭到操控，信仰的神祇居然是被瘴寄附的山精假冒的，之後曲九江接受一刻的神力成爲神使，然而此舉卻使得楊百罌的欲線失衡，原先附在山精身上的瘴入侵她的體內……好在最後一切事情都順利解決，沒有引發憾事。

那一夜留宿在楊家的中文系學生們不會知道曾發生過什麼，他們最多是隔日對綽號「小白」的一刻，居然一夜變成了白髮感到張口結舌。

雖然沒有露骨地表現出來，不過有不少人還在心裡狐疑著，那名向來低調的男孩怎麼突如其來就染了白髮，改變形象？

沒人曉得那其實是幻術失效的結果。

柯維安飛快敲打鍵盤的手指忽地停頓下來，他從螢幕中抬起頭，認眞地觀察似乎在不知不覺中熟睡的白髮男孩。

要不是這次的事件，恐怕他還不會知道一刻是神使，還是人神混血的半神——他是牛郎織女的孩子。

而根據一刻自己所說，他其實「前世」是牛郎織女的孩子，今世也就和普通人一樣地生活著，不是上課就是打架，或被人找上門打架；是在高一時發生了一些事，才會遇到下凡的牛郎織女，成爲神使，進而回想起前世的記憶。

不過無論如何，他現在就只是宮一刻，半神的力量並沒有帶來太多改變，甚至那力量還不太穩定，時有時無，他寧願靠自己的拳頭還比較實際。

當時聽完這番話後，柯維安只有一個想法：不不不，小白，普通人的生活絕對不是充滿打架或是被人找上門打架的，這可夠不普通了。

「是說，小白。」柯維安試探性地開了口，「你睡著了嗎？沒睡的話我有事想問你。啊，睡著的話也沒關係，我很擅長自言自語的。」

「靠，你擺明就是要講嘛！」躺在沙發上的白髮男孩抓下臉上的書，惡狠狠地瞪向了柯維安，「還有不准再叫老子『小白』，需要我他媽的提醒你，我的名字是什麼嗎？啊？」

「我當然知道小白你本名是『宮一刻』，人家是你麻吉，怎麼可能會忘記？」像是沒看到一刻的額角爆出青筋，反而將他的回應當作鼓勵，柯維安興沖沖地拉近椅子，縮短彼此之間的距離，一點也不怕一刻直接將書砸過來，「可是小白，都喊習慣了，要改很難改嘛。小白，我跟你打賭，班代和曲九江回來後，一定也還是喊你小白的。」

「最好你又知道。」一刻冷哼，考慮了一會兒，還是沒將書本拍上柯維安那張笑得像開了朵花的臉上，以免對方又藉機抱住他的大腿尋求安慰。

「嘿嘿嘿，我就是知道。」柯維安胸有成竹地抬高下巴。

而就如同他話中所說，楊百罌和曲九江尚未返回學校。這對因故分離七年的孿生姊弟，如今還留在楊家，不確定今日是否歸來，也可能就乾脆請了假。

當然，他們是姊弟的事依舊是項祕密，只有一刻他們少數幾人才知情。因此看在其他人眼中，只會震驚猜測楊百罌和曲九江的關係何時變好了？後者還待在前者的家中，難不成……他們即將交往了嗎!?

消息靈通的柯維安自是不會漏了這條最新八卦，可他猜一刻不感興趣，他現在要講的事情也與那無關。

「總之，先別管班代和曲九江了，我想他們一定沒問題的。」柯維安做出一個放到一邊去的手勢，雙眼又興致勃勃地盯住一刻，「小白，要不要加入我們神使公會？告訴你一個最新消息，現在加入的話，不止環保袋買一送一，還多送一雙環保筷呢！」

「……這些贈品聽起來毫無吸引力到一個極限了，柯維安。」一刻坐起來，拉開與柯維安的距離，他可不習慣有人的臉貼著他這麼近，「我說過了，我沒興趣，之後再說。我現在都加入你那見鬼的不可思議社了還不夠嗎？」

「你知道的，小白，有句話叫作『有一就有二』。你覺得你就答應湊成二怎麼……呃，當我沒說。」柯維安很清楚見好就收的道理，尤其在對方正掛著皮笑肉不笑的表情看著你時。他摸摸鼻子，明智地轉移話題，「那你打電話給你的青梅竹馬後，有發生什麼事嗎？他們有要從碩陽那邊殺過來嗎？」

「殺你的頭。」一刻給了柯維安一記白眼，但接著他的眉頭困惑地皺起來，「不，他們的反應很正常……正常到我差點懷疑他們是不是被外星人掉包了。沒有提到我破壞約定，也沒有說要來繁星市一趟……就是，這很奇怪。」

所以，小白你的那對青梅竹馬……「平常」是有多不正常？柯維安嚥下這句話，腦海則是回想起自己曾在一刻手機上看到的照片。

那對混血兒雙胞胎看起來可不像會對小白的事不聞不問，該不會是假裝若無其事，其實暗中在著手轉學考之類的……呃，啊哈哈，這應該是不可能吧？他只是隨便想想罷了。

在心中抹去冷汗，柯維安沒說出自己的猜測，反倒是安慰一刻，「小白，那一定是他們認爲你已經成熟獨立，不需要他們擔太多心，這是好事啃。爲了慶祝，你就加入我們神使公會吧！」

「慶你去死！」一刻手上的書這次是眞的不客氣地拍上柯維安的頭。

這小子，果然時時刻刻都不能放鬆警戒！

「你是想要我連不可思議社也退掉嗎？」

「啊！不行、不行！萬萬不行！」柯維安頓時緊張地抱著筆電跳起來，「小白你不能退，你退了我們這社的社員就更少了啊！」

「那就別再叫我加入公會。」一刻警告，見到柯維安哀怨地垮著臉，才感到滿意地點點頭，「對了，你那個社是怎麼達到人數門檻的？你到底還抓了誰？」

「不要用『抓』這個字眼嘛，小白，聽起來很像是在抓交替耶。」柯維安抱著筆電擠進一刻身邊的空位裡，在筆電上移動了一會兒手指，就叫出一個新視窗。

一刻湊過去觀看，看見那文件的第一行標題是「不可思議社現今成員」，接下來是——

社長：安萬里

副社長：宮一刻

文書兼總務兼公關：柯維安

社員：秋冬語、曲九江、楊百罌

「柯維安，你確定這些人都知道這件事嗎？」一刻緊蹙著眉問，他可不認爲曲九江和楊百罌是會輕易應允的人。

「等我告訴他們，他們就知道了啊。」柯維安理所當然地露出笑容。

「……你有時候欠揍眞的是自找的。」一刻嚴肅地、發自肺腑地這麼說。

「小白，你這話聽起來很恐怖，難不成……你想對我做什麼嗎？」柯維安睜大眼，立刻縮起雙腳，蜷在沙發的另一端，「雖然人家跟你已經是這樣那樣的關係，但光天化日之下……」

一刻的臉色鐵青，就在他握起拳頭，打算直接給那個給了三分顏色就開起染房的室友一記爆栗的時候，社辦的門口又走進一抹人影。

一刻一愣。

來人不是安萬里，也不是秋冬語，而是以爲今日不會出現的曲九江。

「曲九江？」一見到那名高大的鬈髮青年，柯維安也愣了愣，他沒想到對方會這麼快就回到學校來。

曲九江連招呼也沒打，傲慢如昔的眼神掃過了柯維安和一刻一輪，接著就站在沙發前，不動如山。那高大體型所帶來的陰影，散發出十足的壓迫感，尤其在那雙眼瞳從黑轉銀的時候。

柯維安立刻以最快速度跳起，離開沙發的範圍。

曲九江的銀眸瞥向還坐著的一刻，後者摘下眼鏡，銳利地瞪視回去，氣勢一點也不輸人。

柯維安都覺得自己像看到了龍虎鬥。

他們一個想要沙發的使用權，一個認爲自己早到，沒必要讓步；兩人互不退讓地對峙著，先失去耐性的是曲九江。

仗著自己的體型和臂長，曲九江猝不及防地伸出手，像拎小雞般將一刻抓起，扔到一邊。

「我操你媽的！曲九江，你搞什麼鬼？」一刻大怒。自從不再特意壓抑自己後，他就不再隱藏天生的暴怒脾氣，以及幾乎快成爲語助詞的髒話。

佔得沙發的曲九江沒有立即躺下，也沒有對人視若無睹地毫不搭理。他罕見地流露一絲疑似思考的表情，隨後就像勉爲其難地開口。

「我可以給你一瓶草莓蘇打，沙發歸我。」

「不要一副做出莫大犧牲的樣子……那些草莓蘇打他媽的還是我送你的！」一刻咬牙切齒，對方那像是不滿自己怎麼不接受的表情，只會令他更加火大。

「……以一個神來說，你夠難伺候了，小白。」曲九江咋下舌，「繃帶小熊一隻，沙發歸我……我眞無法理解，爲什麼會有人喜歡那品味差勁的玩意，也不要草莓蘇打。」

差勁的是你根本死掉的味覺！你他X的怎麼不乾脆喝到得糖尿病算了！要不是看在繃帶小熊的份上，一刻一定會將這話砸出去，順帶附上一記強而有力的直拳。

「小白、小白，你跟我坐這邊吧，不然我一個人會空虛寂寞冷的。」柯維安趕緊對一刻揮揮手，他可不想看見這對剛締結契約的半神與新任神使當場打起來。

打起來還算事小，萬一毀了社團大樓，那可不是開玩笑的。

一刻板著一張臉，沒有坐在柯維安身旁，而是自顧自找了其他位子坐下，打開桌面上的電腦。

「曲九江，你怎麼會回到學校來？我以爲你明天才出現呢。」柯維安聰明地不再招惹低氣壓的一刻，改好奇地問著自己的另一名室友。只是他忘了，對方可不是有問就會有答的人。

「室友B，我什麼時候要到學校，你管得著嗎？」曲九江嘲弄地扯下唇角。

「其實我也只是隨口問一下。」柯維安聳下肩膀，沒有因爲碰了一個釘子就放棄追問他想知道的事。他向來相當懂得靈活變通，瞄了瞄另一邊的一刻，他眼珠滴溜一轉，心裡登時有了新的想法。

「曲九江，那班代和楊老爺子的情況還好嗎？還有珊琳，現在如何了？」柯維安又問道：「小白跟我都很想知道。」

「你爺爺他們……還好嗎？」一刻皺眉，轉頭望向曲九江。不能否認，他的心裡多少也還在意著這些事。

「……老爺子沒什麼大礙。」曲九江吐出了回答，「那個綠髮的山精留在楊家，跟在楊百罌身邊。至於楊百罌，她請了一天假，這禮拜會暫時通勤，她說她想在家好好冷靜反省。」

冷靜什麼？反省什麼？沒人問出口，這是不必問就能知道的答案。

身爲狩妖士，卻受到瘴的寄附，即使楊百罌心結已解，但這事仍對她造成了打擊。

柯維安大概可以體會楊百罌的心情，不過他想對方一定沒問題的，因爲那時候，白髮男孩的話可以說是拯救了她……

「小白，你可眞是罪過，不自覺就會說出擊中人心的話……」柯維安含糊地說，語氣帶了絲笑意。

「柯維安，你又在說些什麼？」一刻只聽見自己的綽號出現，其他的就聽不清楚了。他狐疑地盯著對方，那眼神也像是在警告對方別再胡說八道了。

「沒沒沒，我什麼都沒說，眞的！」柯維安馬上正經地舉手發誓，直到一刻回了記半信半疑的視線，他趕緊再抓住機會，趁機宣布，「小白，我已經在系板上發了不可思議社成立的新文章，還替社團弄了一個部落格和申請信箱。只要有人碰上什麼古怪的事，需要幫忙的話，就可以寫信給我們社團了！」

「我們？」曲九江的眼瞳沒有褪回平時僞裝的顏色，那雙銀眸看似漫不經心，但隱在其中的凌厲就像一支鋒利的箭，不客氣地釘住柯維安，「室友B，我很好奇，我什麼時候跟你……變成『我們』了？」

曲九江的嗓音低沉悅耳，然而柯維安可不會遲鈍到沒察覺那份完美表象下的蔑視與冰冷。

「啊哈哈哈，別這麼說嘛，曲九江。」柯維安還是笑咪咪的，乍看下無害又稚氣，可眼中有著不符合外表的狡獪，「小白是副社長喔，我們一起幫小白的忙吧！我們一定能幫小白將不可思議社壯大的，爲了小白，我猜你會願意和我聯手？」

曲九江的回應是哼了一聲，他沒有給予肯定的答覆，但他的不否定就等於變相的應允。

「聽你在鬼扯淡，最好是我想創這個社。」一刻走近柯維安，壓低聲音，眼神鄙夷，「這種鬼話你也扯得出來？」

「事實證明我扯得出來，而且還非常有效。」柯維安沾沾自喜地說。他又不是笨蛋，怎麼會沒發現一刻開始對曲九江帶來了影響。

喔，或許不單是曲九江，還有……

「小白，你放一百個心好了，班代一定也會同意成為我們的社員的！」

「這社又不是我想創的，我幹嘛要擔心？」一刻白了柯維安一眼，「柯維安，你再有任何事都拖我下水的話，當心我詛咒你一件委託都接不到。不，根本不可能會有人寫信過來吧？」

「話不是這麼說的，小白。當初我們沒創不可思議社，駱依瑾還不是找上門來尋求協助？」

——雖然事後證明駱依瑾正是那些事的凶手，她的體內躲了瘴。

柯維安沒將這些事說出來，取而代之的是移動螢幕上的游標、點開了新的網頁。他想檢查看看為了社團申請的新信箱，有沒有收到什麼來信。

當柯維安輸入帳密，頁面變動，迅速進入了收信匣內。

收信匣空無一物，沒有誰寄信過來。

「果然。」一刻毫不意外地聳聳肩膀，決定學曲九江去做自己的事，但是柯維安忽然喊住了他。

「嘿，小白，看樣子你的詛咒可沒有生效呢！」

什麼？一刻詫異地停步轉頭，目光回到筆電的螢幕上。

在那裡，正浮現著一個新的提醒小視窗——

您有一封新郵件。

第五章

不可思議社你好：

我是從安萬里那得知，你們似乎專門幫人解決不可思議的事。我不確定那到底能不能算是，但我也不知道能找誰幫忙，幸好安萬里向我介紹了你們。

啊，抱歉，我還沒有自我介紹。我是謝少威，安萬里系上的同學，我的身邊最近有些……奇怪的事，我想我們可以約一個時間見面，當面說會比較清楚。

地點就約在明和街的那家星巴克裡，我選那裡是有理由的，希望能盡快獲得你們的回覆，感激不盡。

謝少威

寄信到社團信箱的，確實是一封委託信。而出人意料地，那人還是經由安萬里介紹過來，正是安萬里系上的同學。

也就是說，那人是繁星大學中文系三年級的學生。

「柯維安，你有和學長說你成立不可思議社，還拉他當社長，以及申請新信箱的事嗎？」

「嗯，我是打算等他來社辦再告訴他……」

「好吧，顯然你還沒有，但他已經什麼都知道了……怪不得他會是你們公會的副會長，而你是一般會員。」

「小白，你這樣講太傷我的心了。嚶嚶，起碼人家可是知道你的內褲尺……對不起，我不會再亂開玩笑了，我發誓，拜託別用那本《說文解字》敲我腦袋，我馬上就回信給那位委託人學長！」

柯維安的信件剛發出去沒多久，就立刻收到對方的來信。

那名大三學長答應今天就能碰面，就約在下午四點。

爲了行動方便，柯維安騎車載著一刻下山，畢竟等校車，還得花上時間走一段路，才能到達約定地點。

至於曲九江，並沒有參加這次會面。

即使成爲一刻的神使，那名鬈髮青年的性子看上去仍沒有多大改變，還是一樣高傲冷淡，對大部分事物抱持著漠不關心的態度。他直接挑明了他對這種煩瑣的會談向來沒有多少耐心，等眞正要行動時再通知他。

不過，柯維安暗地裡還是覺得曲九江眞的有些變了，不是很明顯，可是若是以往的曲九江，會毫不理會，絕對不會提供任何援手。

這細小的變化，足以讓柯維安嘖嘖稱奇了。

從繁星大學騎車到明和街，大約要花上近二十分鐘的時間。

在繁星市待了快一年，一刻和柯維安自然也知道明和街在哪裡。它就位在繁星商圈的外側，平常人潮不會過多，但也不會使人覺得冷清。

下午四點的星巴克內，零零散散地坐著一些客人。談話聲淹沒在慵懶的音樂下，搭配著滿室的咖啡芬芳，給人一種舒適的寧靜感。

一刻的一頭白髮在一踏進門就引來他人的注目，不過那些目光只是純粹的好奇，沒一會兒就紛紛收了回去。

雖說顏色是罕見了一點，但大學生染髮也不是什麼特別的事，更特立獨行的都有。

「有看到那位學長了嗎？」一刻問著身旁的柯維安，同時環視店內一輪。

他在大學近一年來的時間都保持著低調，不與人多有來往，他連自己系上的同學都沒有特別拉近關係了，更不用說對三年級的學生有什麼了解。

「你這是爲難我了，小白，我也沒見過那位學長，怎麼可能未卜先知知道他是圓是扁？」柯維安小聲地說，「這裡的星巴克有兩層樓，我看還是直接打電話和那學長說一聲吧。」

語畢，柯維安拿出手機，輸入了從信裡抄下的號碼。

鈴聲響起沒多久，從柯維安他們這個方向，就可以見到靠窗的一桌兩人組客人，背對他們的其中一人急急翻找出手機。

當對方握著手機，像是尋找什麼地站起東張西望，一刻和柯維安頓時就知道，那便是他們要找的人；那個皮膚黝黑、濃眉大眼、外型令人想到運動選手的男性，很快也發覺到一刻他們的存在，他試探性地向他們揮揮手。

同一時間，柯維安聽見手機裡傳出詢問。

「學弟，我猜我看到你們了，其中一個是白頭髮對吧？」

「我們也看到你了，學長，這就過去。」柯維安笑咪咪地說完，立即拉著一刻快步走向靠窗的那個桌子。

除了謝少威以外，那裡還坐了一名綁著馬尾的女孩子。她正低頭自顧自地用手指滑動手機螢幕，感覺到有人靠近，也只是抬下頭，瞄了眼一刻和柯維安，視線便又收了回去，彷彿對他們的存在毫不在意，只有手機才吸引得了她。

短短一瞥中，可以看見那名馬尾女孩有著可愛偏圓潤的臉蛋，鬈翹的假睫毛讓一雙眼睛看上去更大更有神，皮膚白皙，兩頰刷著一抹淡淡的粉色腮紅，唇上塗著水亮的唇蜜，更多添了青春俏麗的氣息。

但是一刻的眉頭卻緊緊地皺了起來。

這名女孩明顯是謝少威的同伴，卻不正眼看人，直接將他們當成了空氣。

「哇，這再怎麼可愛，也被她的沒禮貌破壞光了。」柯維安嘀咕地對著一刻說，「還好曲九江沒來，不然話也不用談了。我賭那傢伙直接掉頭走人，甩都不甩別人。」

一刻不賭，他肯定曲九江來的話，絕對會這麼做。

「學弟，你們也坐下吧。」沒注意到兩名男孩間的竊竊私語，高大健壯、像是運動選手的謝少威咧出一口白牙，笑容熱情開朗，和低著頭不搭理人的女孩成了強烈的對比，「你們點東西了沒？學長請，看你們想喝什麼，畢竟是我麻煩你們跑這一趟嘛。」

見婉拒也沒用後，一刻和柯維安對視一眼，各自點了一杯價格最低的咖啡。

在謝少威前往櫃台點餐結帳之際，馬尾女孩還是沒抬起頭看一眼坐下的一刻和柯維安。她雙眼盯著手機螢幕，偶爾兀自發出幾聲笑聲，像是看見了什麼有趣的東西。

柯維安偷覷著一刻，不意外地發現對方繃著臉，一副巴不得想早點離開這兒的模樣。

假使這委託不是由安萬里介紹，柯維安承認自己也想趕快走了。

這女孩的態度讓人充分地感到不愉快。他知道有些人不愛說話，對交際可能也不擅長，可是對方連最基本的正眼看人也做不到。

就算小白當初也不愛說話，可是基本禮貌都相當到位；甚至曲九江起碼都還有說出自己的名字……柯維安忍不住在心裡咋舌。

幸好謝少威很快就回來了。

渾然沒發覺到這桌異常的氣氛，謝少威將兩杯咖啡分別遞給了一刻和柯維安，態度熱絡地和他們攀談起來。

「左邊這位學弟一定是柯維安吧？你在中文系可挺有名的，在系板上的自我介紹真的令人印象深刻呢！」謝少威笑嘻嘻地說，「右邊這位，是小白對吧？」

一刻聞言吃驚，而柯維安更是快一步地代表他說出心裡話。

「學長，你怎麼知道？難道你認識小白嗎？」柯維安毫不掩飾娃娃臉上的訝異。一刻在他們一年級中可說是「低調」二字的代表人物，照理說，三年級的不會特別知道他才是。

「不不不，其實我不認識。」謝少威搖搖手，坦白說道：「安萬里有告訴我，可能有三名學弟來幫忙。一個叫柯維安，一個叫小白，還有一個叫曲九江。曲九江我自然是知道的……嗯，畢竟他在繁星大學裡相當有名。聽說他開始和楊百罌學妹交往了？這是真的還假的？」

「學長連這八卦也聽說了啊……」柯維安刮刮臉，「老實講，我也不是很清楚，恐怕只有問當事者才知道了。」

謝少威明智地中止這個話題，要是能向當事人詢問，他也不會在這向柯維安打聽消息了。不管是曲九江或楊百罌，這兩名一年級學生天生就有種強烈的壓迫感，就算他是三年級的，也不敢貿然打探。他可是聽過夠多同學或學長、學弟，被冷酷尖銳的話語釘得滿頭包的例子了。

「咳，剛是不小心離題。」謝少威咳了一聲，「抱歉，再向你們自我介紹一下，我是安萬里的同學，謝少威。然後這位是我的女朋友，葉璃蓉，她是西華大學歷史系二年級的。我猜，你們前陣子可能在新聞或報紙上看過她？」

馬尾女孩終於抬起臉，眉宇間有絲得意，像是期待見到一刻他們的吃驚。

「我最近都沒看過新聞。」一刻的語氣滲入了不耐煩，「所以她很有名？」

「喂，你這什麼態度？」葉璃蓉的表情瞬間變了，原先的得意轉成惱怒，似乎一時間忘記他們還在咖啡店內。她手壓著桌面，霍地站起身。

葉璃蓉的音量雖然算不上大聲，但在安靜的店內也惹來了側目。

「璃蓉，妳這是做什麼……還不趕快坐下，先坐下再說。」謝少威急忙安撫自己的女朋友，再尷尬地向四周道歉，表示什麼事情也沒有。

葉璃蓉哼了一聲，悻悻地坐回位子上。

「真不好意思，學弟……璃蓉她只是性子有時候比較直而已，沒有惡意的。」謝少威努力打著圓場，一邊用眼神暗示葉璃蓉道歉。

「什麼嘛，我又沒有錯。」葉璃蓉雙手抱胸，板著一張可愛的臉蛋，「我可是算有名的人耶，臉書上來粉我的人都破萬了！」

「所以那他媽的又跟整件事有什麼關……」一刻的耐心告罄，不過在他不耐煩地將整句話砸扔出之前，柯維安的聲音更快響起。

「啊！我記起來了！」柯維安伸出手指，指著葉璃蓉低呼，「就是那個……見義勇為的紅傘正妹對不對？」

「……啊？」一刻轉頭瞪著柯維安。

「你果然知道嘛！」葉璃蓉頓時由怒轉喜，喜孜孜地露出笑容，「我就說我很有名吧？」

「小白，那是前陣子的新聞。」知道一刻對此事一無所知，柯維安拿出自己的手機，打開了網路頁面，一下就搜尋到自己想找的資料，他示意一刻靠過來觀看。

網頁上顯示出的，正是上禮拜的新聞。內容報導著，在繁星市附近的山路發生了一起肇事逃逸車禍，受害的是一名文姓女高中生。

由於事發地點偏僻，當時沒有其他來車經過，文姓女高中生只能無助地倒在路上。幸好過不久便有一名女大學生路過發現，趕緊要打電話叫救護車，然而她的手機卻沒電了。她心急如焚，連忙狂奔呼喊，尋求他人的援助。

為了怕自己暫時離開時車輛往來沒注意到文姓女高中生的存在，這名女大學生還特地用自己隨身攜帶的紅色摺疊傘撐擋在對方身邊，讓那醒目的顏色成為另類的警示。

雖然及時找到第三人幫忙，但文姓女高中生在送至醫院途中，終究還是不治身亡。即使如此，她的父母仍是相當感謝女大學生的正義行為，記者更是將女大學生稱為「紅傘正妹」。

在新聞的下方，還附上了一張照片，正是那名發揮愛心和正義的女大學生。

照片裡的女孩綁著馬尾，臉蛋可愛圓潤，大大的眼睛搭上靦腆的笑容……那是葉璃蓉。

「還有這個，小白。」柯維安迅速又點了幾個連結，隨後進入一個臉書粉絲團的畫面。

那是葉璃蓉的粉絲團，按讚人數已經破萬，許多留言都在誇讚葉璃蓉日前做出的行爲。

「總之……還眞是人不可貌相。」柯維安小聲地對一刻做出了這個結論。

「怎樣，現在知道我是誰了吧？」葉璃蓉露出一個可愛的笑容，放下環胸的手臂。或許是柯維安認出她的舉動取悅了她，她的態度也不像之前的愛理不理，顯得熱絡許多，「你們不用叫我學姊，直接也喊我璃蓉就可以了。少威，剩下的事就由你負責告訴他們吧。」

柯維安覺得自己要收回之前的看法，葉璃蓉表現出的熱絡也只是那麼一剎那而已，接著她又重新低下頭，沉浸在自己的手機世界裡。

「學弟，我來負責說吧。」謝少威出聲，拉過一刻和柯維安的注意力。他雙手交握置於桌上，黝黑的臉上流露苦惱。

「我在信裡有提過吧？我不知道那能不能算是不可思議的事……不過的確有些奇怪。那是在兩天前發生的，璃蓉在那天出了車禍，好巧不巧還是在那件新聞發生的地點。但幸好她沒有大礙，只是小擦傷而已，我猜那是她做好事的回報。畢竟機車的龍頭整個都撞爛了，她的人卻是幾乎完好無傷。然後，璃蓉就說她開始感覺到有什麼在跟著她……」

「等一下，學長。」柯維安忍不住打斷，有件事他想弄清楚，「你的意思是……發生怪事的是葉璃蓉學姊？」

「是啊，不過……」謝少威這次依然還是沒將話說完，打斷他的人換成一刻了。

「也就是說，要找我們幫忙的是她，不是你？」一刻的聲音緊繃透出危險的意味。

「對，的確是這樣……怎麼了嗎？」謝少威不明所以地望著對方，一臉困惑。

柯維安都想翻一個大白眼了。謝少威給人的感覺不錯，對他們也相當客氣，問題是有些地方卻又遲鈍到神經大條的地步，怪不得他家小白要忍無可忍。

就像呼應柯維安的想法，一刻瞇起了眼，嚴厲的句子瞬間砸在桌面上。

「既然是她想找我們幫忙，就該是她講而不是你替她講。」彷彿要讓謝少威更明白，一刻猛地伸手抓住對方的衣領，將之拉近，鏡片後的眼神銳利得嚇人，「你是她男朋友，就他媽的該搞清楚，現在求人的是她而不是我們，我們沒義務看她靠杯的拿喬！」

一刻的聲音又低又狠，葉璃蓉或許聽不清楚，但謝少威這個大個子卻是被那些話釘在了原地。他不由得屏住氣，無法控制自己背脊發冷的感覺。

他曾問過安萬里，這個叫「小白」的學弟的個性。對方只是微笑地回了「是個低調的好孩子」……見鬼了，好孩子會有這種恐怖的眼神和氣勢嗎？

謝少威艱難地吞下口水。

那名白髮男孩一開始的確是安安靜靜的，可現在簡直像變了一個人，他幾乎快承受不住那份壓迫感。

「或許你可以請你的女朋友拿點禮貌出來，學長。」一刻冷冰冰地說，鬆開手指，坐回位上。

謝少威下意識摸了摸自己的脖子，瞥見葉璃蓉渾然像沒注意到發生什麼事，頓時也有些氣惱。自己的男朋友被人威脅，她還像沒事人一樣？

「璃蓉，別再顧著玩妳的手機了。」謝少威終於也拿出強硬的態度，要一把收走葉璃蓉的手機。可是在他手指碰觸到的剎那間，葉璃蓉猛然揮開了他的手。

「別碰我的手機！」葉璃蓉將自己的手機抓得緊緊，杏眸怒瞪，「謝少威，你在幹什麼？你不是要替我和他們講嗎？幹嘛要搶我手機？」

誰也沒想到這麼一個小動作，會換來葉璃蓉如此大的反彈。

謝少威自己也愣住了。

「不，我是……對不起，因爲這手機是新買的，我怕一不小心弄壞……你別生我的氣，我不是故意的。」意識到自己的反應過大，葉璃蓉立刻將手機收進包包，討好地對著謝少威撒嬌，「我也會對他們好好講清楚這兩天的事的……你就別生我的氣了，少威。」

「沒事，我沒有生氣。」謝少威也只是嚇到，現在見葉璃蓉撒嬌，更是連忙柔聲安撫。

「那個……柯維安和小白對吧？」葉璃蓉坐直身體，視線總算正對著兩人，「自從我兩天前發生車禍後……我那時在騎車，突然有什麼衝了出來，我為了閃避，結果才發生車禍。我醒來後發現自己倒在路邊，沒受什麼傷。不過我記得，在我睜開眼的時候……隱隱約約有看到一個人……」

「人？」柯維安問，「難道說，衝出來的是一個人嗎？」

「他看起來像個男孩子……年紀不大，可能十歲、十一歲，我不是很確定。」葉璃蓉宛如陷入回想，喃喃地說，「他看起來……眞的就像是一個人類男孩子。」

「人類……男孩？」一刻敏銳地發現葉璃蓉的用詞怪異，「這是什麼意思？難不成他有哪裡不像人？」

「他……他有耳朵。」葉璃蓉遲疑了一會兒，像怕人發現地壓低聲音說，「不是人的耳朵……在他的頭頂上，還有著一對尖尖的、三角形形狀，像是貓咪的耳朵！」

貓耳朵？普通人身上有可能出現這樣的一對耳朵嗎？一刻和柯維安飛快地交換著視線，心中不約而同浮現出兩個字。

——妖怪。

「我知道璃蓉的話聽起來有點難以相信。」謝少威誤以為兩名學弟的沉默是因為抱持懷疑，趕緊幫忙解釋：「可是她不會說謊。像她這麼好又善良的女孩，不會無故說謊騙人的。」

「我當然不是在說謊！」葉璃蓉惱怒地瞪大眼，她也將一刻他們的態度當成不信任，杏眸怒視兩人，「我有證據的！」

說完，葉璃蓉又將手機從自己包包中拿了出來，手指快速地在螢幕上滑動，接著將手機轉向一刻他們。

「在那個人消失之前，我拍到了他的照片。」葉璃蓉緊張又興奮地說。

手機螢幕上，是一張特意放大的照片，照片裡是抹模糊難辨的黑影，但還是可以看得出輪廓肖似一名小男孩。

他正拔腿要奔向某個方向，可頭又扭了過來，像是在觀察、警戒後方的動靜。殊不知自己的這姿態，剛好被葉璃蓉的手機拍攝下來。

男孩的臉孔糊得幾乎看不清楚，可是還是能看見他有一雙黃玉般的眼睛，像是會發亮似地；頭頂上，是一對人類不可能會擁有的三角形黑色耳朵……

看著那張照片，一刻和柯維安的內心充滿了吃驚。

黃色的眼睛、黑色的三角形耳朵……那絕對不是人類。是妖怪嗎？又或者是其他的……

「現在你們信了吧？」將兩名男孩的反應視作啞口無言，葉璃蓉得意洋洋地收起手機，抬高下巴。

「所以說，學姊妳是被那孩子跟蹤嗎？」柯維安已經將照片的影像暗暗記下。他在心裡慶幸著，還好那名男孩不是紅眼，有一半的機率表示他可能不是瘴。

「我要是確定，那還用得著找你們幫忙嗎？」葉璃蓉噘高了嘴唇，「我覺得是……可是自那次後，再也沒親眼見過他。但這兩天，我的確有感覺到有什麼在跟著我。」

「既然如此，爲什麼妳會覺得和他有關？」一刻問。

「那還用說嗎？當然是因爲貓咪。」葉璃蓉就像怕被他人聽見，竊竊私語般地放輕了聲音，「貓咪在監視我。」

貓咪？監視？

不得不說，一刻和柯維安被這詭異的話弄得不明所以，他們完全無法理解葉璃蓉怎麼會忽然冒出這些發言。

「學弟，你們看窗外。」謝少威驀地開口，要他們觀察這間星巴克的對面。

一刻和柯維安看見了來往的車輛、行人，還有出現在對街人行道上的幾隻野貓。

那些貓蜷縮在陰影下，不因前方不時有人經過就敏感地起身逃走。牠們的姿態看起來懶洋洋的，或趴或坐或站，然而那一對對碧綠色的眼珠，卻都是凝視著同一個方向。

牠們在看對面，牠們在看的是星巴克的落地窗。

「你是指……那些貓在監視？」柯維安對於謝少威的說法忍不住失笑，「學長，那應該只是貓咪們剛好在看我們這方向吧？」

「起初我也覺得是這樣……」謝少威嘆口氣，不多作解釋，只是伸手將葉璃蓉一起拉起來。他握著葉璃蓉的手，往右邊走了幾步。

柯維安原本還不懂這動作的意思，直到一刻用手肘抵了他一下。

「柯維安，看外面。」一刻低聲地喊。

柯維安連忙一扭頭，登時注意到對街的那幾隻野貓都轉動視線了。

等等，該不會是……柯維安轉過頭，看見謝少威又拉著葉璃蓉走回來。他馬上再望向窗外，野貓們的視線都回到原來的位置上，彷彿不曾移動。

牠們在看謝少威和葉璃蓉。

柯維安可以說這只是巧合，可是在葉璃蓉拿出了那張照片後……兩者綜合起來，未免也太過巧合了。

「你看，我就說牠們在監視我。」葉璃蓉的語氣沒有害怕，反而帶著一絲興奮。

這反應令一刻皺了下眉。

「學弟，要是你們還不相信，我再帶你們去看一個證據吧。」謝少威望向窗外，看的卻不是那些野貓，他苦笑著說，「就在我住的地方。所以我才跟你們約在這見面，這離我住的地方只有三分鐘路程，過馬路就到了。璃蓉因爲擔心自己一個人有危險，所以昨天也搬到我那睡，然後……」

謝少威的聲音停住，眉頭彷若回想起什麼事而皺起，臉上的表情更是混合著緊張和不明顯的畏怕。半晌後，他乾巴巴地擠出剩下的句子。

「然後……那些東西就出現了。」

那些東西？哪些東西？

一刻和柯維安在彼此眼中瞧見同樣的疑問，假使不是什麼異於常人想像的事物，那個高壯的學長不太可能露出這樣的表情。只不過他們兩人也沒有再提出疑問，而是直接跟隨謝少威和葉璃蓉前往他們的租屋處。

一踏出星巴克大門，一刻發現那些本來像在外頭站崗盯梢的野貓，如今已不復蹤影，牠們的存在如同一場幻覺。

就像謝少威所說，他住的地方只要走個三分鐘就到了。

那是一棟三樓高的透天建築物，坐落於狹窄的小巷中。從一樓用來充當停放機車的停車場來看，可以看出這棟建築物被人拿來分租給多人，大部分應該都是學生。

在謝少威的帶領下，一刻和柯維安尾隨著他們直到三樓。

謝少威租的套房就位在走廊最底端，緊鄰著一個小陽台。

和大多數的男學生一樣，謝少威的房間也是顯得凌亂，地板上還能看見隨手扔的襪子或穿過的衣物。

「咳，抱歉，出門前忘了整理一下……」讓初相識的學弟們見到這幅光景，謝少威不禁面露尷尬，「你們不用脫鞋沒關係，直接進來就好，我帶你們去看一下陽台。」

這房間和陽台之間只隔著落地窗，只要一打開就能到外面去。

葉璃蓉可不像一刻他們拘謹，她目前也住在這，所以她毫不在意地踩過地面的東西，搶先將落地窗打開。

隨著「唰」的聲音響起，緊接而來的是一聲尖銳短促的抽氣。

「少威，又增加了！」葉璃蓉回過頭，臉蛋微白，大睜的眸子卻令人看不出是慌張還是興奮。

「什……」聞言，謝少威連忙大步上前，藉著自己身形高壯，越過葉璃蓉往外一看，他嘴中隨後冒出了呻吟，「喔，我的天啊……」

一刻和柯維安毫不猶豫從另一邊的空隙擠到外面去，當他們看清陽台上的光景時，眼中也都閃過了錯愕。

看得出來久未打掃的陽台地面以及圍牆，都覆著淺淺的灰塵，這也使得落在上頭的痕跡顯得更明顯。

一二三四五……幾乎難以準確計數的貓掌印，就這麼雜亂無章地沾附在上。光看這些掌印，似乎就能想像曾有多少貓圍繞在外。

不止如此，陽台的圍牆上還有著多道爪痕。只是，那不可能是一般野貓抓的，因爲那爪痕太深太長，更像是某種大型野獸留下的。

「昨天的痕跡還沒有那麼多……」謝少威喃喃地說，「我去喝杯水，冷靜一下……這實在太誇張了。」

相較於謝少威抹了一把臉、搖搖晃晃地走進房間裡，葉璃蓉則是往陽台邁出一步。

「卡嚓」一聲。

一刻和柯維安同時轉頭，瞧見葉璃蓉正拿著手機拍下圍牆上那些驚人痕跡，柯維安還注意到葉璃蓉的身體像在微微發抖。

「學姊，妳還好嗎？」柯維安試探性地問道。

葉璃蓉收起手機，環抱著雙臂，身體明顯地顫抖著，但那並不是害怕。

葉璃蓉的眸子睜得大大的，裡頭有種熱烈的光。

「我沒說謊，一定是他來了……那個貓男孩來找我了！」葉璃蓉的語氣再也掩飾不住興奮，雙眼放光地望著一刻和柯維安，「你們接下委託了對不對？那就保護我的安全，還有讓我成功拍到他……這一次，我一定要拍到貓男孩的全身，將照片放上我的粉絲團，那絕對會引起轟動的！」

「等……等一下，學姊！這時候不是在意有沒有拍到照片吧？」柯維安就像沒辦法相信般拔高了聲音喊。

「你在說什麼？當然是拍照重要！」葉璃蓉雙手扠腰，理所當然地回瞪，「我的粉絲團需要有趣或特別的照片維持人氣，不然你們以爲我找你們過來做什麼？反正我是委託人，你們照做就是，除非你們不接。但如果我出事，就全是你們的錯！是你們袖手旁觀，不管我的死活！」

「什麼……這根本是超越不講理到一個地步了吧？」柯維安張口結舌，向來的招牌笑容也掛不住，娃娃臉上甚至隱隱閃過一絲怒氣。可是下一秒，他就像嗅到某種氣味，神情瞬變，「學姊，妳的身上是不是有什麼……奇怪，又不見了，是我的錯覺嗎？」

「你在說什麼？聽都聽不懂。」葉璃蓉蹙起了眉。

沒有理會身後展開的那一番對話，一刻自顧自地朝圍牆走去。他低頭往下一看，想看看四周是否還有遺留其他線索。

然而就在他收回視線的剎那，他看到了——

對面住戶的矮牆上，三隻毛色不同的野貓正蹲立不動，青碧色的眼瞳瞬也不瞬地盯著同一個方向。

牠們看的是謝少威的租屋處。

第六章

雖然從謝少威租屋的陽台上，親眼目睹了那些不尋常的痕跡，但在沒有任何計畫前，一刻他們也不想貿然採取行動。

於是和謝少威保證事情如果有什麼進展會通知他一聲後，他們決定先返回校園。

由柯維安負責進一步收集資料；至於一刻，得先去面對他今晚的打工，同時藉機探聽在中餐廳用餐的學生們，有沒有提到和貓男孩有關的情報。

沒錯，一刻今晚就是在中餐廳打工，時間是五點到七點。

繁星大學除了擁有兩家便利商店外，還設有中餐廳以及西餐廳，供學生在校內用餐。

而一刻的打工地點，就是中餐廳二樓美食街的其中一家麵攤。

正逢晚餐時間，餐廳內擠滿了許多學生，包括一刻打工的麵攤前也是大排長龍。

工作時用的頭巾剛好遮住這名男孩的一頭白髮，使他在忙於煮麵時，用不著忍受其他人的竊竊私語。

那些等候餐點的學生們不但不會多注意他的髮色，反而會自顧自地嬉笑聊天，一刻就是利用這個機會豎起耳朵聆聽，看那些話語間有沒有他需要的內容。

只可惜快聽了兩個小時，有用的情報毫無所獲，無意義的八卦倒是聽了不少。

例如其中有一條，就是曲九江和楊百罌疑似交往……

一刻忍不住都想翻白眼了。那一對雙胞胎姊弟是要怎樣交往？雖然那也是他有史以來看過最不像的雙胞胎了。

突然間，一刻注意到麵攤前的聊天聲化作一片寂靜，而與他同個時段打工的另一名工讀生更是停下招呼的工作，反而轉過頭、壓低聲音地急促呼喊。

「喂，一刻、一刻，先看一下這邊啦。一刻，機會難得，快看啦。」

靠杯，是在叫魂嗎？一刻嚥下差點脫口的咒罵，先是俐落地將撈起的麵倒入碗裡，淋上肉燥後，塞到那名工讀生手中，再依言望向前方。

一刻瞬間就知道那片古怪的靜默是因何而來。

麵攤前仍有多名學生排隊候餐，只不過他們現在都閉著嘴巴，不時裝作無聊地東張西望，其實是在偷看排於隊伍末端的一抹身影。

那是個身形高挑、容貌艷麗的女孩，眼下一點惑人的淚痣，及肩的波浪褐髮更是增添了她美貌的侵略性。光是看著，就能感受到那份與生俱來的魄力。

那女孩不是別人，正是先前還成爲人家八卦話題的楊百罌。

一見到話題主角出現，那些剛剛談論得正歡的學生們不免有絲尷尬。雖然不清楚對方聽到了多少，但是一領到自己的餐點，他們就忙不迭地回到自己的位子上，只是途中還是忍不住回頭多望了楊百罌幾眼。

那可是中文系最有名的系花——甚至有人私下認爲，就算譽爲校花恐怕也不爲過——平常即使在同一所大學，也不見得有機會碰到。

「楊百罌，妳怎麼來了？妳不是……」乍見楊百罌，一刻自己也是暗吃一驚。

按照曲九江的說法，楊百罌今天應該是請假，明天才會回到學校。但是一刻的話才說到一半，眼角餘光就被一雙搭在櫃台上的小手吸引住。

那是屬於小孩子的手。

還沒想到大學的中餐廳怎麼會有小孩子出現，一顆綠色的小腦袋猛地冒了出來。

一刻差點就要罵出一聲「幹」了。

那眞的是一顆綠色的腦袋，深綠的髮絲遮住了對方整張臉，只能從髮絲間隙看見一雙深棕色的眼睛，正從裡向外地睇望著他人。

一刻握緊撈麵的網勺，肌肉繃緊，瞪著那顆綠色的腦袋好一會兒，終於想起了一個名字。

珊琳。

如同感應到一刻的內心想法，那雙搭在櫃台邊緣的小手接著就將自己的頭髮往後撥開，固定成一束，露出原本隱藏其下的臉蛋。

深棕如泥土的眸子襯上那張清秀小臉，綠髮小女孩朝一刻露出一抹靦腆的笑容，看起來格外惹人憐愛。

不過奇怪的是，那些在餐廳內來來往往的學生們似乎都沒察覺到她的存在，否則依她一頭綠髮、打著赤腳，又穿著一身民族風奇異服飾的模樣，照理來說早該引來無數探究的目光了。

——大部分人看不見珊琳是正常的。她不是人類，是一名由大自然孕育出來的山精。而總有一天，她會成為楊家的守護神。

「小白大人，你好。」珊琳眨巴著眸子，害羞地向一刻打招呼。

殊不知這稱呼反而令一刻嘴角肌肉一抽，偏偏礙於旁邊還站著另一名工讀生，也無法多說什麼，只能點下頭當作回應——他可不想被不明就裡的人當成神經病。

「妳怎麼會來？妳今天不是請假？」一刻又將視線轉回楊百罌臉上，「要點什麼麵嗎？」

楊百罌沒有立刻回話，她的雙眼正有些出神地盯著一刻瞧，像是後者的頭上突然開出一朵花似地。

「楊百罌？」一刻被盯得莫名其妙，眉頭緊皺。

「百罌、百罌。」珊琳趕緊拉拉楊百罌的手，「妳不是要將……」

「我……我有事找你。」楊百罌在珊琳說出她的目的之前，霍地回神。她很快就穩定語氣，嗓音聽起來還是一貫的冷淡，「方便打擾嗎？假使不行的話，下次再說也可以。」

「不行啦，百罌，妳不是這次就要……」珊琳緊張地低呼著，那雙濕潤的眸子看看一刻，又看看楊百罌。在瞧見楊百罌的背脊繃得比平常更直挺後，她吞下了剩餘的話。

「……我七點下班。」一刻從口袋摸出手機，瞥了一眼上頭的時間，「妳先自己找位子坐，我待會兒再過去找妳。」

「好。」楊百罌點點頭，轉身離開麵攤。

「唔啊……近距離看真的是魄力十足的美人耶！」直到楊百罌遠去，和一刻一起工作的工讀生才終於吐出一口一直憋著的大氣。他馬上靠近一刻，用手肘輕撞一下，「喂，一刻，你和那位中文系校花是什麼關係？趕快從實招來。」

「我也是中文系的。」一刻只說了這麼一句當作解釋。

「欸？原來你們是同學。既然如此，一刻你快點下班吧，現在就可以下班了。」那名工讀生動作迅速地搶過一刻手上的撈勺，對他眨下眼，「這是前輩的命令，反正也剩沒幾分鐘，你就把你的晚餐弄一弄，然後下班吧。有什麼八卦記得要再告訴我，就這麼說定了！」

一刻這次連回應也懶了，鬼才跟他說定。

或許是戴著眼鏡，鏡片修飾了不少一刻天生就凶惡的眼神，因此一刻的打工前輩就算見到他忽然染了一頭白髮，也還是同樣嘻嘻哈哈的態度。

當然，這個前輩絕對不會知道，自己的後輩只是特意低調、保持沉默，真正的個性卻是粗暴凶狠，在高中時代更是一名不良少年。

既然有人願意睜一隻眼、閉一隻眼，一刻也不客氣地提早下班。

解下圍裙，端著自己煮好的麵，他離開打工麵攤，來到楊百罌和珊琳坐的位子對面。

「小白大人，歡迎下班。」珊琳跪坐在椅子上，興奮地對著一刻說，感覺像是一隻靜不下來的小動物。

「一般來說，『歡迎』不是這樣用的吧……算了，別叫我小白大人，叫我名字就可以了。」一刻放下餐盤，拉開椅子坐下。

「我知道，小白大人的名字是『小白』對不對？」珊琳笑瞇了眼，錯過一刻的臉色一黑。

要是換作其他人，一刻恐怕就直接飆髒話開罵了——白你去死！老子的名字是宮一刻，你他媽的懂不懂人話啊！

偏偏面前的珊琳一臉認真、雙眼放光，像是渴望獲得讚美，加上她過去幾年遭遇到的那些事，一刻說什麼也難以開口。

費了一番力氣，他才終於從齒縫中擠出一個「對」字。

一刻吐出一口氣，覺得面對小孩果然是件棘手的工作，想不通柯維安怎麼有辦法如此熱愛孩子。不，那傢伙還有年齡限制，只愛三歲以下的，十足十就是個變態。

隨即一刻注意到楊百罌又在盯著自己，就像稍早麵攤前的情況。

「楊百罌，妳在看什麼？」一刻納悶地問，下意識摸上自己的臉，「我臉上有沾到東西嗎？否則有什麼好看的？」

「就是很好看……」楊百罌喃喃地說了一句，才驚覺到自己說出什麼，她立即清了清喉嚨，重新擺出冷淡的表情，「頭巾……我是指你的頭巾花紋還算不錯。」

「頭巾？靠，忘記還回去了。」一刻經楊百罌這麼一說，頓時想起自己頭上還綁著打工用的頭巾，他咋了下舌，將頭巾塞入口袋，「所以妳找我有什麼事？」

「我，想再向你道謝。」楊百罌挺直著背，儀態完美端正，而且嚴謹，「爲我自己、爲楊家，向你道謝。以後如果遇到任何困難，我楊家必會傾力相助，這不僅僅是我，也是我爺爺的意思。」

「妳去謝柯維安那小子就行了，是他堅持要調查清楚你們楊家的事。」一刻並不覺得自己做了什麼事，需要讓人以報恩的態度相待，「順便說一下，那小子也把妳列進不可思議社的社員了，就是他之前在系上嚷著要創的社，社辦和文同會共用。」

「也？你也是嗎？」楊百罌敏銳地抓到這個字詞。

「啊，他把我安了一個見鬼的副社長頭銜。」一刻分開他的衛生筷，注意到楊百罌沒有再提出下文，不禁訝異地抬起頭，「妳沒意見？我是說對加入社團的事。」

「我爲什麼要有意見？」楊百罌的困惑一點也不像是作假，「而且你是副社長。」

一刻張張嘴，忽然覺得有點跟不上對方的思考。在此之前他和楊百罌幾乎算是無交集，但他也知道對方的個性強硬，不喜歡不合規矩的事。他還以爲莫名其妙成了一個莫名其妙社團的掛名社員，會令她心情不悅。

「小白大人，我也……可以加入那個社團嗎？」珊琳緊張地舉起手發問，「山精也可以成爲社員嗎？我、我會很努力幫百罌，還有大家的忙的！」

一刻看著珊琳，然後嘴角勾起笑，「我打賭柯維安那小子會樂得跳大腿舞。」

「眞的嗎？眞的嗎？我也可以加入，好棒！」珊琳笑顏逐開，深棕色的眸子閃閃發亮，就像孩童獲得了最棒的寶物。

似乎難以壓抑她的興奮之情，她跳下椅子，開心地在餐廳內東奔西跑。

知道一般人看不見她也碰不著她，楊百罌沒有加以阻止。

「她還好嗎？」一刻望著那抹瘦小身影，一會兒後收回目光問道。

「晚上有時候會作惡夢。」楊百罌知道一刻問的是什麼，她淡淡地回答道：「我讓她和我一起睡。我也會作惡夢，但是醒來後發現身邊有人會安心許多。如果剛好一起作惡夢醒來，還可以一塊抱著安慰。總有一天，會沒事的。」

「是嗎？那很好。」一刻作結地說道。他的語氣就像肯定事態一定會變好，這是不用懷疑的事。

楊百罌想，自己以前怎麼都沒注意到小白的這些特質。她那時候是有多高傲，才認爲不需要將無關的人放在眼裡。

「楊百罌，妳不吃飯嗎？」一刻朝楊百罌手邊的花布包裹抬下下巴，他一坐下來就看到那東西了，「那是妳的便當吧？妳不吃的話，我自己先吃了。」

說著，一刻挾起碗裡的麵條，就要準備往嘴巴送。

「等一下！」楊百罌倏然喊住了他。

一刻一愣，動作也跟著停下，麵條還停在半空中。

「其實，這個便當是……我是要……」楊百罌罕見地支支吾吾，她看著一刻面前色香味俱全的湯麵，嘴裡的話反覆吞嚥了幾次，就是說不上來。半晌後，她放棄地垂下眼，「……不，什麼事也沒有。」

一刻可不認爲什麼事也沒有，他沒有立刻吃起自己的晚餐，而是好奇地瞧著楊百罌像是自暴自棄般解開花布，打開便當盒。

當一看見便當盒裡中的菜色，一刻登時就明白楊百罌剛才想說什麼了。

「楊百罌。」一刻放下筷子，幾乎是眼帶同情地看著那個飯菜都呈現半焦糊的便當，「妳是想和我換晚餐對吧？」

「咦？」楊百罌愣然睜大眼。

「我的麵還沒吃過，就和妳換吧。女孩子要吃這種東西，未免也太可憐了。」一刻皺著眉，不由分說地將兩邊食物對調，「我猜是妳爺爺回復後太興奮，忍不住替妳準備了便當？」

「哎？」楊百罌的眼睛還是睜得大大的。

「不是嗎？難道說這是妳……」一刻狐疑地望向楊百罌。

「這是我爺爺準備的沒錯。」楊百罌馬上回答，語速快得不自然。

「還眞被我猜對了。」一刻聳聳肩，不疑有他。雖然便當裡的菜色看起來離美味還有很大一段距離，他還是面不改色地將它全部吃光。

「你……」楊百罌握著筷子，表情接近張口結舌，「你不覺得難吃？」

「是很難吃。」一刻實話實說，「不過我有一個姊姊，她和廚房不對盤，卻老是喜歡下廚，煮出來的東西就跟這差不多。我吃習慣了，但不代表我喜歡，所以在家基本上都是我煮。幸好現在換她未婚夫會幫她煮，否則我眞的要擔心她哪一天毒死自己。那麵妳就放心吃吧，吃不死人的。」

「這麵……也是你自己煮的？」楊百罌覺得有絲暈眩。

「不然妳以爲我在麵攤打工是做什麼的？」一刻有些莫名其妙地反問，無法理解楊百罌宛如遭到打擊的表情。他站了起來，扔下一句「我先走了」，便要離開。

但，無預警響起的手機鈴聲停下他的腳步。

一刻接起手機一看，螢幕上頭顯示的名字讓他一挑眉，唇角卻同時浮現笑意。

「是我，有什麼事？別跟我說又是突然有什麼危機感……幹，還眞的是啊！再說一次，我該死的可沒遇到什麼危險。」頓了下話語，一刻向楊百罌點點頭，表示道別，接著一邊講著手機，一邊離開餐廳。

楊百罌沒有漏看那名白髮男孩的笑，可是對方直接衝著手機爆出了髒話，那人可能是他要好的朋友。

抱著些許羨慕的心，楊百罌終於低頭開始吃麵。

「百罌、百罌，小白大人走了耶。」珊琳很快跑了回來，她爬上椅子，驚喜地看見楊百罌帶來的便當盒內已是空無一物，「百罌，小白大人接受了妳做的便當……百罌？」

眼見褐髮女孩不發一語地吃完麵後，竟是將臉埋入掌心，珊琳不禁擔心起來。

「百罌？」

「我對不起爺爺……」楊百罌喃喃地說，仍是不肯抬起臉，「他是看這個便當太差勁了，才同情跟我換來吃，他煮的麵比我好上好幾倍……眞是屈辱。」

珊琳怔愣了一下，然後像名小大人般拍拍楊百罌的肩頭。

「百罌，我會陪妳再一起努力的，加油！」

□

一刻自然不會知道自己的手藝給楊百罌帶來了什麼樣的打擊，避開走上來的人群，他一步步地走下樓梯，和手機另一端的對談也來到了尾聲。

「我知道，我會多注意安全。你們……不，沒事。我只是想說我還記得和妳的另一個約定，約好的時間到，我會給出回答的，蘇染。」

當最末兩字溢入空氣，一刻也結束通話，收起手機。

正當他和另外兩名女學生擦身而過的時候，他驀然停住腳步，吃驚地回過頭。

顯然沒有察覺到後方的注視，兩名女學生依舊自顧自地爭論不休。

「我沒騙妳，我眞的有看到啦！」

「不可能，一定是妳眼花了，晚上騎車本來就容易看錯。」

「才沒有看錯，我是眞的看到頭上長著貓耳的男孩子！眼睛是金黃色，像會發光一樣！」

頭上長著貓耳、眼睛是金黃色……貓男孩！

一刻一驚，立即一大步邁上前，伸手搭上了其中一名女孩的肩膀。

「喂，妳！」

「哇！」沒想到這突來的舉動嚇了那女孩一跳，尤其見到對方是個陌生的白髮男孩時，更是忍不住湧起緊張。

「你是誰？你想對我朋友做什麼？」另一名女孩更是用警戒的眼神瞪著一刻。

「我們是想問……關於貓男孩的事……」

「沒錯，我們是想問……」

等等，「我們」是誰？

一刻猛地閉上嘴，這時才注意到現場冒出了第三人的聲音。他迅速扭過頭，這一看差點沒吃驚地爆出一連串髒話。

幹幹幹！秋冬語是何時神不知鬼不覺地站在他旁邊!?

「貓男孩的事，可以……請問妳們嗎？」皮膚蒼白、身體纖弱的女孩像是沒發現一刻臉上的震驚，輕飄飄的嗓音再次從她唇中溢了出來，「我們是不可思議社的社員，想收集一些……不可思議的事。」

兩個女孩對望一眼，比起一刻，秋冬語的存在令她們放下戒心。她們又彼此以眼神對望了一會，接著左邊的女孩開口。

「呃，我也不確定是不是我眼花看錯……」

「哈！妳剛不是還堅持沒看錯嗎？」右邊的女孩頓時取笑，換來朋友惱羞成怒的一眼。

「囉、囉嗦，妳管我要怎麼說！」

「沒關係，不管怎樣……都可以告訴我們嗎？」秋冬語細聲地說。

見狀，那名自稱看到貓男孩的女孩猶豫了一會兒，便將自己碰上的一切說了出來……

女孩的名字是李曉桃，那是她昨晚十一點多在校外遇上的事。

由於突然嘴饞想吃宵夜，最好是鹽酥雞之類的，所以她決定騎車到繁星商圈。那裡緊鄰著夜市，許多商家和攤販都營業得很晚，是最適合覓食的好地方。

她不但順利地買到自己想吃的，還順便替自己室友帶了一份。然而就在她騎車經過第一圓環的時候——繁星大學的學生總是簡稱它爲「一環」——那附近的店家都拉下鐵捲門，紅綠燈也不再規律亮燈，只會一下一下地閃，她留意到圓環上蹲踞著許多貓。

那實在不是常見的景象，因此她忍不住停下來，多觀察了那個貓咪聚會一會兒。

正當她想拿出手機拍下這奇妙的一幕時，貓咪們忽然齊唰唰地轉過頭，每一雙眼睛都是緊盯著她，這讓她嚇了一跳，深怕牠們會突然攻擊自己。

但是，沒有。

那群野貓就像是打量完畢，陡地一隻隻跳下圓環，充滿秩序地一隻隻排列著行走，簡直就像一支訓練有素的軍隊。

李曉桃的好奇心完全被挑起，顧不得吊在車上的宵夜會不會被人拿走，她匆匆將機車停在一邊，大著膽子跟在野貓身後，想弄清楚牠們要去哪。

說也奇怪，應該警戒心強的野貓卻任由她這名人類跟著。

也不知道走了多久，野貓們在一個地方停下。

那裡有更多貓，牠們像是圍繞著什麼。

李曉桃試圖走上前看個清楚，沒想到就在這瞬間，那群貓的中心有「誰」站了起來。

李曉桃甚至還來不及眨眼，前方的「誰」已然消失，取而代之的是她後方傳來了屬於小男孩的聲音。

「人類，妳還在這做什麼？既然滿足了妳那無聊又愚蠢的好奇心，就該回去妳的世界了。我的眷屬們對醜女可沒有興趣，當然，除非妳自願想成爲牠們的宵夜。」

李曉桃屏住呼吸，戰戰兢兢地一扭頭，撞入眼中的是雙會發光的金黃色眼睛，瞳孔就像野獸般地呈現豎長狀。

與此同時，所有野貓嚎叫起來，露出利牙，每雙眼睛都緊緊地盯住她。

毛骨悚然的寒意竄上了李曉桃的背後，她不知道自己有沒有放聲慘叫，只記得自己是落荒而逃。

而在逃跑途中，她回過頭，看見了一抹矮小的人影緩步走向貓咪，頭頂是三角形的黑色耳朵⋯⋯

聽完李曉桃的遭遇，一刻皺著眉，那名小男孩的特徵和葉璃蓉描述的一模一樣。

「在哪裡看到的？」一刻沉聲問道：「妳是在哪裡看到的？」

「就、就在那個大家都說很陰的地方……」李曉桃被嚇了一跳，結結巴巴地說，「那個什麼碑的……」

一聽見這幾個關鍵字，一刻的心裡頓時有譜了。

凡是繁星大學的學生，都知道那是什麼地方。

和平中心碑。

第七章

和平中心碑。

那是爲了悼念百年前在這塊土地上因戰爭而傷亡的士兵們而豎立的紀念石碑，至今已經整修過許多次。

因爲位置遠離市區，晚上少有人煙，加上許久以前又曾是戰場，所以不知不覺中就成了人們口中容易鬧鬼的地方。

也有人信誓旦旦地說，自己就是在那裡撞見過鬼。

不管眞相如何，對一刻來說，它就是個需要前往觀察貓男孩是否存在的目的地而已。

不過柯維安也給出了評論。

「那地方可乾淨得很啊，小白。才沒有什麼鬼呀幽靈的，我以前可是就調查清楚了。」

一刻沒有問柯維安是怎麼調查的，也許對方有所謂的陰陽眼也不一定。而他現在要關心的，是如何好好執行他的任務。

他和柯維安分頭行動。

在得知一刻帶回關於貓男孩的情報，柯維安迅速整理出今晚要實行的計畫。他們兵分兩路：一路埋伏在謝少威的租屋處附近監視；一路前往一環與和平中心碑，看能不能再進一步獲取貓男孩的消息。

畢竟他們誰也料不準貓男孩今夜會在哪裡出現，又或者是會不會出現。

既然如此，那就雙管齊下。

柯維安自願接下埋伏在謝少威屋子外的任務。根據他的說法，他可是比如今變回白髮的一刻，以及原本就顯眼得過分的曲九江，都還要不惹人注目，就算不小心被人發現，也不會被當作可疑人物。

於是柯維安和秋冬語一組，一刻則與曲九江一塊行事。

此刻，一刻他們就是待在一環附近。

時間是十一點多，周遭住戶差不多全拉下鐵捲門了，只剩路燈和紅綠燈閃爍的光芒照耀。

一刻和曲九江揀了一處騎樓待著，陰影遮蔽他們的身形，加上那裡屬於商業大樓，也不用擔心忽然有人進出。

一刻和曲九江都不是什麼愛說話的人，即使他們如今的關係已經從室友躍為神與神使，但不代表他們的相處模式就會有所改變。

「你們為什麼……都不說話？」一道屬於女性的嗓音霍地冒了出來。

一刻和曲九江幾乎都是一凜，他們完全沒察覺有誰靠近。他們的左手無名指和脖子上瞬間浮冒神紋，在橘色和白色各自成形的刹那，手中也抓握住了武器，白針和長刀迅雷不及掩耳地指向發聲處。

在那裡，就算面對如劍的針直抵著她，烙著白紋的長刀甚至架上她的頸側，裹著深色斗篷的蒼白秀美少女依舊神情沉靜，眉毛連動也沒有動一下，如同人偶靜佇不動。

「幹！秋冬語？」一刻立即收回白針，惱怒地咒罵著，「妳就一定要這樣神出鬼沒地出現嗎？妳他X的是想嚇死誰？」

「否定。」秋冬語的眸子就像是深黑的寂靜水潭，不見波瀾，「並沒有要嚇死誰，你們是同伴……不會做傷害你們的事。」

「那就不要再突然冒出來。」一刻罵咧咧地收回白針，對秋冬語稱得上奇異的說話方式稍微習慣了一點，「妳不知道人嚇人眞的會嚇死人嗎？」

「還是否定。你是半神，我也……不是人類……」秋冬語的眼珠往旁移轉一個角度，看著還貼在自己頸側的熾白長刀，「小白，你的神使……毋須將我當作有害人物。」

「曲九江。」一刻立時警告，要對方馬上收起刀。

「我想你在命令我之前，有件事不是更應該弄清楚嗎，小白？」曲九江手上的刀轉瞬化爲白色光點消散，他發出了一聲接近嘲弄的笑聲，「爲什麼這女人這時候會出現在這裡？」

一刻瞪著曲九江數秒，緊接著霍地轉頭。

「靠！爲什麼妳會出現？」一刻不敢相信自己後知後覺得沒先想到這一點，「秋冬語，妳不是應該和柯維安那小子一起行動的嗎？」

「一起行動，取消。」秋冬語搖了搖頭，「小柯怕你們倆會覺得太無聊，自己先打起來……要我過來盯好你們……但是我猜，他想趁機一個人在那偷看動畫……新出的春番，有一部就是他的好球帶。」

「靠杯啊，誰那麼無聊會先內鬨啊。」一刻黑了臉，而秋冬語的後半句更是令他臉色轉爲鐵青。至於秋冬語話語中的奇妙術語……春番什麼的，他已經不想去探究了。

不過一刻覺得自己再怎麼無聊，也不會找身邊的人幹架。

曲九江卻顯然不這麼想。那名鬈髮青年的眼中因爲秋冬語的話，而竄閃過蠢蠢欲動，眼珠子更是從黑染爲銀色。

「想都別想，老子又不是吃飽沒事幹要找你打。」一刻眼尖地發現曲九江的情緒變化，頓時惡狠狠地瞪了他一眼，「那麼無聊，自己去找牆壁撞一下。」

「如果要打……我也可以加入嗎？」沒想到秋冬語這時也冒出驚人之語，「我不傷害同伴，可是……只要不傷得太嚴重的話，應該可以？」

「嗤，妳的意思是妳有自信打倒我嗎？」曲九江的瞳孔轉成豎長，髮絲末端也開始染爲火焰般的赤色。他拉開傲慢的笑容，伸出的五指冒出了鋒利細長的指爪，「那種愚蠢的自信，我非常樂意將它碾碎。」

「在那之前，老子先碾碎你們兩個！」一刻鐵青著臉怒吼。他摘下眼鏡，不再被鏡片隱藏的眸子又凶又狠，染著暴怒色彩的怒焰像隨時會噴發出來，「白痴啊！你們是三歲小鬼嗎？不是的話就證明給我看，別忘記我們他媽的還有正事在身！」

雖然音量經過壓低，但是那一番怒吼仍相當有迫力，成功遏止了一場或許真的會爆發的戰鬥。

曲九江咋了下舌，指爪消隱，髮絲上的艷紅又被深色取代。

秋冬語望了一刻一眼，點點頭，後退一步，與曲九江拉開距離，以表明自己打消主意。

一刻抹把臉，開始後悔這個組合分配。早知道會這樣，他還寧願和柯維安組隊……不，還是算了，他怕到時候受不了柯維安的長舌和黏人，先失手掐死他。

三人都恢復了安靜，一時間只能聽到呼吸聲，以及偶爾車輛快速駛過一環的呼嘯聲。

沒人注意到騎樓下佇立著三抹人影。

突然間，有另一道聲音打破了這份沉寂。

「咕嚕、咕嚕、咕嚕嚕……」那明顯是誰的肚子在發出飢腸轆轆的叫聲。

一刻肯定不是自己，他也覺得不是曲九江，何況在他轉頭確認前，曲九江自己就先冷冷地開口。

「小白，你要是轉過頭來，以為這愚蠢的聲音是我發出的，我可能會扭了你的脖子。」

操，說得一副自己肚子都不曾叫過的樣子！一刻翻了一個白眼，可是在自己右手邊的聲音越來越明顯後，他只能嘆了口氣。

「秋冬語。」一刻說，「妳要不要先去買點東西吃？有動靜我打手機或傳簡訊給妳，否則妳倒下來的話，我們還得扛妳。」

「了解……謹遵命令。」像是不在意自己的肚子發出不符合美少女形象的咕嚕聲，秋冬語平靜地說。

下一秒，她人影消失，動作快得像一開始就沒出現過。

不能否認，一刻對秋冬語的身分有絲好奇。她說自己不是人類，那是妖怪嗎？但是既然他沒興趣加入神使公會，那麼他也不會追問。

「那女人不像妖怪。」曲九江忽然說，他瞥了一刻一眼，「沒人告訴你，你的表情有時候很好懂嗎，小白？也可能她把自己的妖氣藏得太好，就算戰鬥時，我也感覺不到她的妖氣。」

「是嗎？」一刻沉吟了一聲，雙眼還是緊盯著一環的方向。

倏地，有抹小巧的黑影靈敏地躍上圓環。

一刻迅速挺直了靠著圓柱的背。

那是一隻黑色的貓。

黑貓像渾然不覺有人在暗處觀察牠的動靜，牠伸出前掌，梳舔了一下自己的毛皮，接著張嘴喵喵叫了幾聲。

夜晚的貓叫聲，有時候聽起來就像嬰兒啼哭，令人不寒而慄。

當那聲貓叫傳出，不一會兒，一刻和曲九江都能聽見各處傳來了或長或短的貓叫聲。

喵、喵、喵！喵——喵——喵——

越來越多黑影從角落、小巷、車底下鑽出，牠們豎立著尖尖的耳朵，優雅地擺動尾巴，紛紛朝圓環靠近。

那些都是貓。

黑的、白的、花的、條紋的，不同花色的貓躍上圓環，井井有序地蹲立在上。牠們還在喵喵叫，如同進行著一首大合唱。

不對，等等！一刻的瞳孔驀地因震驚放大，他飛快地望向身邊的曲九江，在對方的臉上也看到了一抹訝色。

所以那表示不是自己的錯覺。

一刻再扭回頭去。

那些野貓們發出的不止是單純的喵喵叫，牠們……牠們在唱歌！

喵喵喵，貓咪、貓咪、貓男孩，我們的國王，偉大的國王，分享著美味的魚干和牛奶。

喵喵喵，貓咪、貓咪、貓男孩，我們的國王，偉大的國王，保護我們，擊退可惡的敵人，不讓妖怪靠近一步。那個妖怪、那個妖怪，可惡的百魂妖怪。

「曲九江……我真的不是在作夢吧？」一刻望著圓環上不可思議的一幕，張口結舌地問。

「我猜我現在給你一掌，你就知道是不是在作夢了。」相較之下，曲九江馬上就回復鎮靜。他畢竟是妖怪，對許多事物敏銳得多，「那些貓都有很淡的妖氣，牠們是低階貓妖。小白，現在還需要我給你一掌嗎？」

「免了，謝謝你的『好意』。」一刻在最後兩字上還特別加重語氣，有些後悔自己怎麼會收了這麼一個神使。

他當人神使的時候，是洗衣煮飯買布丁樣樣來，活脫脫是個免錢的全職保母；別人當他神使的時候，爲啥他靠杯的還得接受對方威脅？

媽的，這年頭不管是當人神使或當別人的神都一樣難做。

蹲立在圓環上的貓咪們還在大合唱，歌聲在黑夜下顯得格外嘹亮。

說也奇怪，這陣接近小孩子聲音的合唱，卻沒有引來附近住戶開窗探頭查看，就連車輛也不曾再駛過。

一環就像是個獨立的小小世界。

緊接著，圓環上的貓咪陸續跳了下來，排成一支縱形隊伍，再井然有序地往一個方向邁步前進。

那裡的確是通往和平中心碑的方向。

「走了，曲九江。」一刻趕緊也採取行動。

雖然照李曉桃的說法，那些貓即使看見她也毫不在意，任由她跟隨，但李曉桃那時候可沒聽見牠們在唱歌。一刻不敢保證自己和曲九江要是眞露了面，牠們會不會即刻鳥獸散，轉眼跑得一隻也不剩。

爲了預防起見，兩人將屋頂當作道路，迅速無聲地潛行在上，跟著路上的貓咪一路向前。同時，一刻也發覺到這群野貓經過的這條路上，絲毫不見人車，簡直就像有什麼看不見的屛障阻止人或車輛的靠近。

十來隻花色不同的野貓優雅地擺晃尾巴，下巴高高抬起，整齊有序地邁步往前走，大合唱還在繼續，沒有因此中斷。

喵喵喵，貓咪、貓咪、貓男孩，我們的國王，偉大的國王，分享著美味的魚干和牛奶。

喵喵喵，貓咪、貓咪、貓男孩，我們的國王，偉大的國王，保護我們，擊退可惡的敵人，不讓妖怪靠近一步。那個妖怪、那個妖怪，可惡的百魂妖怪。

就算他們一方在上，一方在下，一刻還是能聽見那些貓兒們所唱的歌詞。

貓男孩、國王，由此可猜出他是這些貓妖的領導者……李曉桃那時也說了，貓男孩將野貓稱為自己的眷屬。

可是，百魂妖怪……又是什麼樣的妖怪？為什麼說它是牠們的敵人？

「曲九江，你有聽過百魂妖怪這個名字嗎？」一刻壓低聲音問道。

「不知道。」曲九江回答，「我對研究妖怪的種族沒興趣，那跟我也沒關係。」

「只好回去再叫柯維安幫忙了。」一刻皺眉，從口袋掏出手機，一心二用地快速發了一封簡訊出去。

收件人是秋冬語；內容是簡潔的一句話——往和平中心碑前進。

秋冬語很快也回了訊息——收到，掃完小七的飯糰立即就過去。

掃完？她是想吃幾個飯糰啊……對那名女孩的食量感到吃驚，一刻在內心暗暗咋了下舌。

就在這個時候，野貓的合唱停止，牠們抵達了和平中心碑。

在石碑下，蹲踞著更多貓咪。

一瞧見前方隊伍，石碑下的貓咪頓時站了起來，發出幾聲喵喵叫，如同在傳遞某種訊息。

「牠們這次又是在說什麼？」一刻的眉頭皺了起來。

「我看起來像貓嗎？」曲九江冷哼一聲。

「所以我只是在自言自語。」一刻不耐煩地厲了一眼。

「牠們是在說：『你們帶了新客人過來，是要替我們加菜嗎？』」一個童稚的聲音說，聲音就來自一刻他們的身後。

操！一刻當即變了臉色，想也不想地召出白針，立刻轉身防備。

曲九江的動作同樣快，只不過出手更狠絕。他不是召出自己身爲神使的武器，而是指尖飛也似地燃出熾烈的火焰。

「曲九江！」一刻要阻止已來不及。

火焰像支銳利的箭矢，迅雷不及掩耳地疾射向聲音的主人。

和一刻他們一同佇立在屋頂上，與他們保持著一段距離的稚齡男童卻是不見懼色。當那簇烈焰即將射向自己時，他手一揮，也不知道做了什麼，火焰竟偏移了一個角度，從他身邊呼嘯而過。

「喔？這可有趣了。」曲九江瞇細染上銀光的眼瞳，嘴角扯出興致盎然的笑容。

「趣你的蛋！你第一個反應不是攻擊人你他媽的會死嗎？」一刻低吼，白針不再指向那名悄無聲息出現的小男孩，改橫擋在曲九江身前，以防他再做出激進的行爲。

「啊，說得好。有腦子的人……或是妖，可不會冒冒失失地就出手攻擊，這有點愚蠢，原諒我必須這麼說。」說話的小男孩眉清目秀，眉宇間有著一抹天眞爛漫，一雙黃玉般的大眼睛在夜空中似乎發著光，頭頂上還有一對讓人難以移開目光的毛茸茸三角黑色耳朵。

一刻得說，幸好這任務不是柯維安來做。雖然面前的小男孩超過三歲，但模樣確實討人喜愛，誰知道柯維安要是看見了，會不會做出什麼禽獸的事。

當然，一刻也絕對不會承認，看著那雙有時會動來動去的毛茸茸耳朵，他有種想摸上去的衝動。

「對了，剛剛貓咪們說的話，後半句是我加的，只是開開玩笑而已。」小男孩露出無邪的笑容，舉高雙手，表示自己沒惡意，「人類和妖怪可難吃得要命，我現在可不喜歡吃了。」

……意思是以前有吃過嗎？一刻明智地沒問出這個問題。

「一個是妖怪，一個是人類，這組合挺有趣的。」小男孩說，「你們是什麼關係？那妖怪看起來聽你的話，是嗎？白毛的，既然如此，你就該讓自己的狗更聽話一點，別讓他蠢得像條瘋犬對別人汪汪叫。」

那明明就是無比天真的一張臉龐，可說出來的話卻毒辣、刻薄得不留情面。

「你好樣的……」曲九江咧開了獰笑。

「曲九江！」一刻的喝聲卻截斷了曲九江的話，他瞥了對方一眼，目光旋即厲射向那名貓男孩，「曲九江是我朋友，你敢再多廢話一句，管你是不是小鬼，當心老子打斷你的牙。」

小男孩像是有絲吃驚，半晌後聳聳肩，「好吧，剛剛是我失禮了。我們到下面談吧，屋頂可不是個適合聊天的好地方。」

語畢，也不管一刻他們答不答應，男孩身影瞬間消失，再出現時已是在貓咪的包圍之中。

「我不需要朋友。」曲九江不悅地瞥視一刻，無視自己心中奇異的感覺。

「是喔，那這次你就學著什麼叫強迫中獎吧。」一刻冷哼，不再多理會地迅速躍下屋頂。

曲九江覺得自己要對這番發言輕嘖一聲，但是他發出的卻是連自己也沒預想到的哼笑。

「……搞什麼，眞是愚蠢。」注意到自己的反應，曲九江馬上繃住臉，像是感到嫌惡地嘟囔幾句，隨即也躍下屋頂。

再怎麼說，他也不會放任一刻獨自靠近那群貓妖；那可是他的神，隨便丟了小命會造成他的困擾。

一刻和那群貓，以及那名貓男孩保持著一段距離，然後站定腳步。在弄清對方意圖前，他不會眞傻得貿然靠近。

「你有去過謝少威和葉璃蓉住的地方嗎？明和街一段的屋子，三樓。」一刻盯著貓男孩那雙黃玉般的眼睛，一字一字地問，「有貓在監視他們兩人。」

「是我命令我的眷屬去監視他們的沒錯。」出乎意料地，男孩毫不隱瞞地承認，「我得弄清楚，百魂妖怪是看上了他們之中的誰。」

「百魂妖怪？看上？你這話是什麼意思？」沒想到事情居然還牽扯到他們並不知道的一名妖怪身上，一刻皺起眉。

「別你啊你地叫，我的名字是胡十炎。」貓男孩頭頂上的耳朵動了動，乾脆主動向前，意欲拉近彼此間的距離。然而就在他靠近一刻的剎那間，臉色倏然一變，瞳孔瞬間縮成針尖狀。

「你身上有沾到百魂的味道！難不成你也是它的同夥!?」胡十炎厲聲尖嘯，那聲音完全不像是孩童發出來的，反倒更像是野獸仰聲嗥叫。

「什……」一刻壓根還弄不清楚狀況。

說時遲、那時快，原本還安靜不動的野貓陡地露出利牙、銳爪，發出凶狠的叫聲，一窩蜂全衝著一刻撲去。

要不是曲九江的動作夠快，長臂一伸，馬上拎著一刻往後退，恐怕還沒反應過來的一刻就要被那些鋒利的貓爪抓得全身是傷。

但是貓咪們並沒有因此就這樣停下行動，牠們奮不顧身地再衝上去，一雙雙在夜間發光的青碧或金綠眼珠，閃動的都是狩獵者的光芒。

「我還將你們當客人……百魂的同夥，不可饒恕！我不會讓你們有機會傷害我的眷屬！」胡十炎眸中的光芒更熾，十指前端也冒出銳利的指爪。他的行動就如同在夜間出沒的鬼魅般迅速，才一閃身，就消失在曲九江和一刻的視野內。

前有眾多野貓撲襲，後又不知道何時會竄出胡十炎。

「我要直接一把火燒了這些死貓。」曲九江的整頭髮絲都染上赤紅，張狂的火焰瞬間纏捲上整條手臂。

「燒……幹拎娘咧！絕對不行！」一刻大驚，下意識就想抓住曲九江的右手。

別開玩笑了，那些可是貓咪。小小的、眼睛大大的，裝無辜的時候簡直像天使的可愛貓咪！誰都別想傷害可愛的東西！

眼見一刻居然伸手要抓自己浮冒出火焰的手臂，曲九江不由得臉色驟變，在對方眞抓住自己前，硬是滅去了傷人的焰火。

「見鬼了！小白，你是腦袋浸水嗎？」曲九江咒罵。

一刻可沒有多餘的心思回應，因爲當他抓住曲九江手臂的瞬間，眼中也映出了胡十炎的身影。

黑髮金眸的小男孩揚高利爪，就要朝曲九江的後背抓下。

「我操你媽的！」一刻想也不想，猛力將曲九江往自己身後扯，自己抓住平空浮現的白針，氣勢洶洶地與胡十炎揮出的爪子強硬對抗。

可是，更令人吃驚的事發生了。

一道影子快若驚雷，猝不及防地自旁橫來，插入胡十炎的利爪與一刻的白針之間。

等到一刻意識到那是一把蕾絲洋傘時，那柄洋傘已然張開，將兩邊的攻擊都逼退到一旁。

「別出手……」拋出這麼一句，及時趕到的秋冬語扯去身上斗篷，又俐落地替一刻接擋下胡十炎連續的利爪攻擊。

看似脆弱的洋傘竟是難以摧毀，就連柔軟的傘布上也沒有被抓出任何一道裂痕。

抓準胡十炎緩口氣的瞬間，秋冬語腳步飛快，她奔上前，閉攏的洋傘如劍飛也似地突刺。最後洋傘再次無預警地張開、拋扔，她自己則是利用胡十炎被傘吸去目光的那一秒，翻身抬腿，踢踹上疏於防備的胡十炎。

當這名蒼白秀氣的長髮女孩重新站定時，洋傘正好從高處墜下，回到她手中。

「同伴……不可以傷害。」秋冬語說。

胡十炎瞇眼瞪著她，又望向自己被曲九江的火焰阻礙行動的貓咪眷屬們——那名鬈髮青年顯然折衷了自己的想法與白髮男孩的指示，不是放火燒了貓，而是讓火焰築成一道屏障包圍在他們兩人四周——他輕彈了下舌頭，隨後從喉中又發出了近似野獸的嘯聲。

原本還衝著火之牆弓身厲叫的野貓們，竟瞬間收起凶狠的姿態，動作迅速地跑向胡十炎。沒有多說一句話，胡十炎領著他的眷屬，頭也不回地消失在另一端的黑暗之中。

「他們走了……」秋冬語對著火焰中的兩人說。

熾烈的火焰霎時消失，就連地面上也沒有留下焦黑的痕跡，彷彿一場幻覺。

一刻的神紋與白針隱去，原本他是要對秋冬語點下頭，感謝她的出手幫忙，然而當他一看清楚秋冬語脫下斗篷後身上所穿的服裝，所有言語全卡在喉嚨中了。他張著嘴，目瞪口呆地看著對方那一身……奇裝異服。

「詭異的品味。」曲九江甚至也皺起眉，嫌惡地這麼說，「而且糟透了。」

老實說，一刻並不覺得有糟到哪裡去，可是要穿著那一身走在街上……不不不，那還是太奇怪了！

此時佇立在一刻他們眼前的秋冬語，穿著華麗到稱得上誇張的小洋裝，整套服裝充滿著花邊與緞帶的設計元素，裙子則是短得只到大腿處，似乎風一吹就會輕易走光。腳上套著短靴以及條紋膝上襪，加上手上還拿著一把蕾絲洋傘……

那打扮，簡直像是時下小女生著迷的動畫中的魔法少女一樣。

「啊……還有帽子。」秋冬語不知是從哪裡變出了一頂紫色尖頂帽，認眞地戴在了頭上。

「妳……妳這是在角色扮演嗎？」一刻終於找回發聲能力，「裙、裙子未免也太短了吧!?」

「裙子嗎……」秋冬語低頭看了下自己的短裙，接著竟是突如其來的撩高裙襬。

「我靠！」一刻反射性別過臉，當場爆出了髒話，「秋冬語！」

「請放心，我有……在裡面加一件安全褲。」秋冬語細聲地說。她看看別開視線的一刻，再看看從頭到尾神情沒變過，還是一副慵懶高傲態度的曲九江，最後困惑地問，「小白……爲什麼反應要那麼大？」

「靠夭啊！我這才叫正常反應！」一刻惱火地咒罵，從眼角餘光瞥見秋冬語總算放開手，這才轉過頭來，「見鬼了，秋冬語，妳沒事幹嘛穿成這德……等等，妳該不會每次抓瘧時都這樣穿吧？」

一刻猛然回想起前幾次秋冬語也是一身斗篷打扮，有時還加上了狐狸面具，登時不敢置信地瞪著對方。

「肯定，但有不定因素的話……就不一定。」秋冬語回答，「因爲老大喜歡魔法少女……夢夢露。」

「……那什麼鬼東西？」

「相當熱門的動畫，現在已經播到第三季……預定明年要推出劇場版和眞人連續劇……主角是一名遇到危機時，會變身成魔法少女的國中女生。利用魔法打擊邪惡，變身後的名字……就叫夢夢露……」

「換句話說，」一刻不抱期待地問，「你們那個公會老大喜歡那什麼露的，就要妳也穿得跟她一樣？」

「肯定。」秋冬語點點頭。

一刻當下一秒內，決定自己絕對不要加入那個神使公會。

幹！盡是一些變態！

第八章

同時間，當一刻和曲九江、秋冬語遇上貓男孩之際，獨自一人在謝少威租屋處外埋伏監視的柯維安，也碰到了狀況。

對於今晚的埋伏，柯維安並沒有事先告知謝少威和葉璃蓉，而是當成祕密行動進行。

或許是這一、兩日的怪事讓謝少威和葉璃蓉飽受心神不安的折磨，因此他們今晚不到十一點就熄了燈。

這對時下的大學生來說，可以說是相當早睡。

柯維安躲藏的位置是那棟屋子對面的一棵大樹上，那裡不但可以觀察到三樓的任何動靜，也能好好掩飾行蹤，不會被剛好路過的人或是附近住戶發現，當作是可疑人物。

就在柯維安無聊到準備打開筆電，找出「蘿莉五十音，教你如何學好日文」的教學音頻來打發時間，他眼角餘光霍地捕捉到黑影。

那是什麼？柯維安立刻屏棄其他念頭，警戒地盯著對面樓房的屋頂。

在那裡，不知何時竟趴伏著一片黑影。它就像是奇異的生物，悄然無聲地移動著，逐漸拉近它與三樓陽台的距離。

它想要入侵那個房間嗎？開什麼玩笑！

柯維安神情一凜，額間浮現出像是第三隻眼的金色神紋。他迅速地在已完成開機的筆電上敲打鍵盤，就在金色的眾多字符從螢幕裡竄出的瞬間，他雙腳彈起一蹬，整個人自樹裡衝了出來。

「別想闖入那間房間！」柯維安踩在圍牆上高喊，他的聲音在夜間小巷內顯得格外響亮，但這聲叫喊卻沒有引出四周住戶查看，彷彿他們什麼也沒聽見。

柯維安對此則是一點也不意外。他瞄了一眼像是鎖鍊般圍在這區域的金色文字，前一秒這地方產生疊影時，一個結界便已宣告完成。

那是神使特有的結界，用來防止現實中的事物因爲遭戰鬥波及而損壞，也可以防止不相干的人進入此地。

每位神使張設結界的方法都不一樣，柯維安就是利用筆電敲打出屬於他結界的字符。

聽見那聲大喝後，屋頂上的黑影似乎嚇了一跳。它昂起前端，如同抬起頭部，然後露出兩顆黑色眼睛。

不是紅色，那或許不是遭到瘴寄附……柯維安心裡暗暗鬆了一口氣，手中動作卻也沒停下。他飛快將手伸進筆電螢幕裡，螢幕宛如水一般柔軟。

剎那間，一支巨大的毛筆被順勢從中拖拉而出，筆尖還沾染著濃厚的金墨。

將筆電扔進自己背後的包包內，柯維安搶得先機，一個箭步衝躍出去。借助神力，他以常人不可能做到的靈敏和快速，眨眼就站在路燈之上。

黑影顯然還在因爲眼前的變故而陷入呆愣之中，它的反應有點太遲鈍了。

可是柯維安可不在意對方的反應怎樣，他是神使，職責是消滅人間作害爲惡的妖怪！

抓握著毛筆，柯維安毫不猶豫向前方屋頂一揮劃，金墨如水花高高濺出，灑落在黑影上。

頓時，可怕的滋滋聲響隨之響起，陣陣白煙更是從黑影身上冒出。

黑影看不出來有嘴巴，但是一道尖銳的嘶號卻是從它的體內爆發出來。

不，不僅僅是一道，簡直像是多人慘叫的聲音化作了強烈的波動，朝佇立在路燈上的柯維安彈震過去。

柯維安在聽到那些恐怖的音響時，就知道事情不妙。他的身體受到衝擊，連帶地使得他失去平衡，腳下登時向下一滑。

「哇啊！」幸虧柯維安反應夠快，及時伸手抓住路燈燈柱。

然而受到金墨灼傷的黑影已是身體一扭，快速衝滑向馬路，在碰觸到地面之前，身形起了變化。

本來乍看下像一塊軟布的黑影變得如同四足野獸，卯足全力地往小巷另一端狂奔，顯然是因爲碰上了攻擊，打算放棄目標逃離現場。

柯維安當然不可能眼睜睜地任對方逃逸，他都還沒弄清楚對方是從哪來？爲什麼想要入侵謝少威和葉璃蓉的房間？又和貓男孩有何關聯？

抱著燈柱一路滑下，當雙腳一踩上地，柯維安挺起身子，卻不是拔腿就追，而是跳上自己停在路邊的機車，催動油門，全力加速地衝了出去。

他知道自己的體力差，最多只有短程的爆發力，與其追到一半上氣不接下氣，倒不如多利用現代文明的利器。

只是柯維安不知道的是，隨著他騎車離開，那間他盯梢的三樓套房，這時被人緩緩地推開了落地窗……

柯維安緊迫盯人地追著前方化作四足野獸狂奔的黑影，他的機車時速已超過七十了。

老天，那什麼變態妖怪？未免也跑太快了！

柯維安在心裡咒罵著，一邊要盯緊妖怪的去向，一邊要小心四周是不是有什麼車輛衝出。他可不想追妖怪追到半途出車禍，那傳回去，神使公會的那票人肯定會笑掉大牙，尤其是老大和那位狐狸副會長。

「哎哎，維安，年輕人可別太過莽撞。我不是告訴過你很多次了嗎？顯然你的小腦袋瓜裝太多蘿莉和正太了，把我這位老人家的忠告都隨便丟到角落去了。來，多看點索娜的片子，她眞是天使。」

柯維安輕易就能想像出安萬里會故作孺子不可教的傷腦筋微笑。

蘿莉有什麼不好？正太有什麼不好？他們才是貨眞價實的天使！蒼井索娜閃到一邊去吧！啊，還有小白，小白也是他的天使！

柯維安緊急地隨著前方的黑獸一個大拐彎，輪胎摩擦柏油路面發出的激烈聲響和迸濺出的火星，都令他心驚膽跳。

唯一值得慶幸的是，那隻黑色野獸也不打算往人多的地方跑，它挑選的路線偏離了主要幹道，想要深入山區。

柯維安眼尖，馬上就發現他們進入的山區是哪裡——那是楊家的後山！

換句話說，楊百罌住的屋子就在山的另一側。

還有誰能夠比專司狩獵妖怪的狩妖士更適合幫忙捉捕妖怪呢？

柯維安幾乎想誇讚自己是個天才，可以立刻就想到這麼一個絕佳的主意。

幸好前方奔跑的妖怪似乎也覺得有點乏了，速度開始減慢。

柯維安暗鬆口氣，要他在時速超過七十的情況下，摸出手機和人通話，他還眞怕自己就這樣出了車禍。

一手緊抓龍頭把手，柯維安鬆開另一隻手，往口袋裡摸索著手機，直接按下快速撥號鍵，再把手機塞進全罩式安全帽的側邊，這樣他就可以不用做出一手騎車，一手還得拿著手機講電話的危險行爲；雖然這方式仍是不妥，但情況危急，也只好如此。

手機鈴聲響了很久，久到柯維安都要暗叫糟糕，只能在內心祈禱電話快讓人接起。

班代，快接啊……拜託快接了！

上天這次明顯不打算和柯維安過不去，就在柯維安幾乎以爲自己恐怕只能等到電話被轉入語音信箱的時候，手機另一端及時傳來了年輕的女聲。

「柯維安，什麼事？」

太棒了，是班代！柯維安差點就要大聲歡呼了。

「班代，妳現在有空嗎？」

「我希望你能先講清楚你要做什麼事，再問我有沒有空，否則我無法判斷情況。」楊百罌的聲音還是一貫冷淡。

不過，柯維安在她那邊還聽見了其他聲音。

「百罌，奶油我融好了，再來是要倒進麵粉裡嗎？」那是珊琳。

「等等，要先加糖進奶油，要加的量是少許……」楊百罌的聲音稍微離開了手機，「少許究竟是多少？爲什麼要用這種太過含糊的字詞？這實在無法稱得上是一種說明……蛋白要打到不會垂落？那上面就該標明怎樣的角度算不會垂落……該死的，我不懂，這明明是說寫給初學者的書吧？我認為它根本有廣告不實的嫌疑……」

即使楊百罌的聲音拉遠，柯維安還是能清楚聽見那素來高傲漠然的聲音染上了挫敗，甚至接近氣惱。

這對柯維安來說，無疑是極為稀奇的。

估計沒多少人猜想得到，看似完美、自制力強的楊百罌，居然不擅長廚藝。

只可惜，柯維安現在也沒其他心思來表達吃驚了。

「班代、班代！」他拉高聲音呼喊著，「沒時間了，能不能拜託妳幫我？我在追一隻妖怪！」

「……在哪裡？」楊百罌的停頓只有短短數秒，隨即聲音切換成冷硬模式。

「在……」柯維安分神觀察了下四周環境，「快接近你們家後山了，是一隻像是黑色野獸的妖怪！」

「我明白了，盡快趕去。」那是楊百罌給出的最後一句話，話聲剛落，她就先俐落地結束了通訊。

知道自己一會兒後就能得到一個強力的援兵，如果加上珊琳的話就是兩個了，柯維安忍不住稍稍安下心來。他重新集中精神，全力追逐在黑色野獸的後方。

那隻妖怪像是真的跑得有點力乏，速度變得更慢。

但是柯維安還不打算直接超越去堵住對方，他想等楊百罌兩邊夾攻。

然而有時候，人算往往不如天算。

沒想到就在下一瞬間，那隻黑色野獸的形體再度有了改變，它無預警地崩解，竟又變得如同一塊黑色軟布。

在這種夜間深山，只要讓它往樹林裡那麼一鑽，就能輕易躲得不見蹤影。

柯維安見狀大驚，馬上採取行動。他一口氣提高機車的速度，從旁衝過黑影，再一個打橫緊急煞車，硬是攔堵在它的正前方。

也不管機車有沒有架好，柯維安跳下來，手往大背包一探，一支巨大的毛筆頓時被他抓在手中。

「這可不行，我可沒說你能逃喔！」柯維安毛筆一甩，染著金墨的筆尖迅速劃出一道縱痕，金色的痕跡像是利劍般，筆直劈向黑影中。

可奇異的事發生了。

黑影居然在金痕切過之前，身軀先自行分裂了兩半。

「什……什麼!?」柯維安錯愕，反應因此慢了一拍。

黑影像是不想放過這個攻擊的大好機會，它的兩截身體轉眼又塑出獸形，拔腿衝向了柯維安，帶著利齒的血盆大口從頭部的位置撕裂開來。

就在千鈞一髮之際。

「汝等是我兵武，汝等聽從我令！」高亢冷厲的女聲響起，「明火！」

數顆大小火球從山的一端疾速竄出，飛也似地全砸向兩抹黑影。

驚見情況不對，兩抹黑影急閃同時躍至空中，再次合而爲一，再落地時又是一隻四足的黑色野獸。

「此爲我楊家土地，不准妖物來犯！汝等是我兵武，汝等聽從我令，裂光之鞭！」

一條白色的光之鞭凌空甩出，長鞭的一頭襲向那隻黑色野獸，至於另一頭則是抓握在一名褐髮女孩手中。

「百罌，我也來幫妳！」屬於孩童的稚氣叫喊緊接傳出。

柯維安看見樹上躍下一抹瘦小靈敏的身影，寬大的長袖像蝴蝶翅膀振起。一頭綠髮向後梳綁，露出清秀小臉的珊琳瞬時彎下身子，雙手拍地。

堅硬的路面上霍然鑽冒出數截藤蔓，但顏色已不是不祥的黑色，而是碧綠如山林的綠藤。

綠藤的前端生長出尖刺，迅雷不及掩耳地從多方瞄準了那隻黑獸。

被裂光之鞭纏住前肢，無法奔逃的黑獸只能硬生生挨上這些刺擊。

珊琳並無意取它性命，只是要徹底制住它的行動，因此這些綠藤刺進了它的四肢。

但那份尖銳的疼痛還是讓黑獸的身體震顫，痛苦的嘶嚎從體內爆發出來。

「糟了！」柯維安曾經嘗過一次那招音波攻擊，立刻大叫不妙，可是動作還是慢了一拍。宛如許多人同時迸發出來的尖厲慘叫，朝四周撞了出來。那看不見的強烈波動撞上了柯維安、楊百罌還有珊琳，後兩人壓根沒有防備到這招，登時痛苦地摀住耳朵，身體無法抑制地向後滑退。

光之鞭和綠藤也隨之消失蹤影。

「班代！珊琳！」強忍著難受，柯維安咬牙衝向了楊百罌和珊琳。他抓住毛筆，不敢遲疑地往前一掃劃，泛著淡金色光芒的障壁瞬間拔地而起，將三人圈圍在其中。

尖厲的慘叫被隔絕在外，楊百罌和珊琳鬆口氣地放下摀著雙耳的手，臉色都有些發白。

就在這時，金色障壁外的野獸再次變了模樣。它的外表就像受到高溫融化的奶油，滴滴答答地溢落下來，變成一個黑色、詭異的龐大蛋形物體，約莫一個成年人高，手和腳細小得不可思議。那份對比似乎顯得有些可笑，然而柯維安他們可一點也笑不出來。

因為那個黑色的蛋形怪物，表面浮出了數也數不清的多張臉孔，有男有女、有老有少。那些臉孔都露出著恐懼扭曲的表情，嘴中不停地發出悲號。

「這……這才是那傢伙的真面目嗎？」柯維安啞著嗓子說道。他沒有感受到屬於瘴專有的妖氣，可以確定那不是瘴。但這並沒有讓他稍微安心一點，相反地，那些像正在飽受痛苦的臉孔，令他心生不安、膽顫心驚。

那究竟是何種妖怪？

「無論它是何物，先拿下再說。」楊百罌冷著艷麗的臉蛋，指間挾有多張符紙，「柯維安，解開你的保護結界。」

「好。」柯維安沒有多做勸阻，而是毫不猶豫地點點頭，「班代，我數到三，我們一起行動。一、二、三！」

隨著那聲高喊響起，楊百罌、珊琳、柯維安一同聯手。

「汝等是我兵武，汝等聽從我令，電隨意走！」

楊百罌射出五張泛著白光符紙的同時，珊琳再次召出綠藤。

柯維安則是握著毛筆，揮灑出大片金色墨漬。

可是這三方的攻擊卻一併落了空。

因爲那隻黑色蛋形怪物猛然大力一躍，看似細小得可笑的雙腳有如裝了彈簧，轉眼間已衝上高空，消失在夜色的盡頭。

「什——不會吧？不是這樣的吧！」任憑金墨落地又消失，柯維安不敢置信地仰高頭大叫，只是空中已不復見那妖怪的行蹤。

那個來歷不明、意圖不明的妖怪，就這麼消失了。

「那個妖怪，讓人不舒服……討厭的感覺。」珊琳抱著身子，不禁瑟縮了下，「不知道是什麼，但是討厭。」

「啊哈哈……居然還是被對方逃了嗎？」柯維安發出苦笑，彷彿力氣用盡般一屁股坐在路上，「這未免……」

柯維安剩下的話沒說出來，他抹了把臉，內心覺得自己太遜了。

楊百罌沒有對此提出發言，她正在打電話給某人。

「班代？」柯維安注意到了，不禁投以好奇的目光。

「我在打電話給我爺爺。」楊百罌瞥了柯維安一眼，還是冷淡地吐出聲音。

對於無法捉得那妖怪，她心裡自然是懊惱的，可是她更知道自己現在還能做什麼。

「欸？打給楊老爺子？他那麼晚還沒睡？」柯維安看了一下手機，「都快十二點了耶。」

「爺爺最近迷上看連續劇，不到一、兩點不會回房睡。」楊百罌語氣平淡地說。

「我知道爺爺在看什麼。」珊琳舉起手，「爺爺說，那種類型的連續劇都叫宮鬥，就是……有很多人在鬥來鬥去！」

「呃……楊老爺子還眞趕得上流行。」柯維安刮刮臉頰。

楊百罌沒有再回話，她的注意力都放在自己已經接通的手機上。

「爺爺，我是百罌。不好意思，現在能打擾你嗎？我想查個妖怪的名字……是，它似乎可以變化外型，全身漆黑，受到傷害時會發出像是許多人疊在一起的慘叫，那聲音還有著攻擊性。還有它眞正的模樣，體型大概是一個成年人高，像是蛋形，手腳相對相當細小，但是跳躍力極高。最重要的特徵，是它的身體長著許多人臉……嗯，我知道，麻煩你了。」

「班代，妳是請楊老爺子調查那妖怪的身分嗎？」柯維安看著楊百罌收起手機。

「我以爲我表現出來的行爲，足夠讓你知道我是在做什麼了，柯維安。」楊百罌冷冰冰地說，態度看上去仍是一如往常般不近人情，彷彿沒有因爲先前的「山神事件」就有所軟化。

可是柯維安還是知道，楊百罌也有地方改變了，就像曲九江一樣。

假使換作更早之前，楊百罌是不會答應和他合力攻擊的，而是寧願獨自行動，不接受他人幫助。

「如果找不到的話，我可以立刻連線給公會，請情報部調查一下。」柯維安自告奮勇地說，「我是指，要是情報部沒放假的話。他們有時候會請特休，莫名其妙地跑得不見人影。」

「柯維安，我希望你也別太小看狩妖士的情報。」楊百罌說，嗓音還是缺乏了人情味，但字句裡也沒有帶刺的感覺，「我楊家祖先歷代都是狩妖士，他們將自身曾狩獵的妖怪都記載了下來，流傳至今，一直到現在仍是持續地增加新的資料。我不認爲狩妖士對妖怪的認知，會少於神使。」

「我自己對妖怪的認識倒是眞的還不夠，我會找時間努力加油的。」柯維安坐直身子，雙腿盤起，黑眸直勾勾地盯著楊百罌瞧，「哪，班代，妳要不要也加入我們公會？」

「……不。」楊百嚳沉默地回視那名娃娃臉男孩，半晌淡淡地吐出了這個答覆。見柯維安似乎張口欲言，她率先搖搖頭，「不是因爲在意我並非神使的原因，而是我自認目前的我還不夠。就是這樣，柯維安，你以後不用再多問我了。」

「啊，是嗎？」柯維安感到有絲惋惜地說。

珊琳看看柯維安，再看看楊百嚳，隨後向後者靠去，手指牽著對方的手。

「不是因爲妳的關係，是因爲我自己。」楊百嚳回握那隻小手，輕聲地說。

自從那次事件後，她便已深刻地體會到自己尙有多方不足，需要更加地磨練，不管是法術或是意志。這樣有朝一日，她才能夠和那名白髮男孩站在同一戰線戰鬥……

倏地，悠揚的手機鈴聲打破這份短暫的靜默，是楊百嚳的手機響起了。

楊百嚳接起，確定自己的爺爺已找到相關資料後，她將手機調成擴音模式，讓在場的柯維安和珊琳都能清楚聽見。

楊青硯的聲音傳了出來。

「百嚳，我找到相關記載了，我直接唸給妳聽……『百魂妖怪，外型漆黑，能變他物，形如蛋、四肢細小，表面覆有多人臉孔。不喜貓，因貓若生雙尾成大妖，將成彼之天敵。故在達成完全體、獲得足夠之力後，會率先對貓進行獵殺，因此貓對百魂妖怪的出現，可謂相當敏感。而百魂妖怪欲成完全體，必先呑……』書上的字在這裡糊掉了，無法辨認。」

「沒關係，爺爺，其他的我們再想辦法，這樣就足夠了。」楊百罌說道：「那我就不打擾……」

「等一下，百罌。」楊青硯顯然還有話沒說完，「爺爺在廚房看到妳要做餅乾的材料和食譜，那是要做給爺爺吃的嗎？糖可以再少一點沒關係，我比較喜歡清淡的。」

「我……我知道了。」楊百罌似乎花了點時間，才終於找到聲音把話說完。

「咦？百罌，可是那不是妳要做給……」珊琳見楊百罌收起手機，不禁吃驚地睜大眼睛。

「那是要給爺爺的沒錯。」楊百罌不讓珊琳把後半句說出來，態度強硬地回話。

珊琳茫然地眨眨眼，彷彿不明白情況。

柯維安哪猜不出楊百罌是想做給誰，他笑咪咪地說：「班代，我們家小白很好養，對食物也不挑，餅乾做正常甜，我相信他也會喜歡。啊，這只是我在自言自語而已，不用在意。」

「我不喜歡聽人廢話，但下次這種自言自語……你可以多講沒關係。」楊百罌別過臉，聲音放低，隨後又回復到原本的音量，「百魂妖怪的事，是你和小白、曲九江在負責嗎？」

「嘛，算是。」柯維安點點頭。

嚴格來說，那妖怪對謝少威和葉璃蓉有意圖，所以也算是他們的目標。

「我明白了，我不會插手。」楊百罌轉回視線，艷麗的眸子望向柯維安，看似猶豫了一會兒，才又開口，「但是，需要幫忙，可以找我。你……和小白都幫助過我們，楊家不是知恩不

報的一族。」

「那我先說聲謝啦，班代。等妳之後有意加入公會，儘管來找我喔。」柯維安笑容滿面地擺了個敬禮的手勢，內心則是暗自讚歎自家室友——當然不是指難相處的那位——對他人輕易就造成了影響力。

哪，小白你不止改變了曲九江，還有班代也是。

這對雙胞胎姊弟都在慢慢地改變著，向著好的那一面。

□

全然不知道房外曾有人埋伏監視，甚至還有詭異的黑影原本意欲入侵，這時候的葉璃蓉正在作著一個詭異的夢。

她夢到自己看見路上倒了一個人，那是個還穿著制服的女學生，長髮披散，遮住半邊臉，手變成了扭曲的姿勢，森白的骨頭從皮膚底下穿刺出來。

還有血，血從她的頭部和身體滲了出來，在柏油路上逐漸擴大。

葉璃蓉的心臟重重一跳。

那名女學生看起來快死了，要打電話，要打電話叫救護車趕快來對吧？

她想要撥打一一九，又想到這條路上或許會有其他車輛來往，她記得自己有隨身攜帶的摺疊紅色雨傘……如果用紅傘當作警示的話，一定很顯眼才是。

葉璃蓉趕緊打開雨傘，放置在那名女學生身邊。

但是雨傘放下的剎那間，一隻蒼白的手猛地緊緊抓住了她的手腕，那手臂的手肘處，骨頭還刺了出來。

她驚恐地抬起臉，看見女學生睜開眼睛，充滿恨意，那張毫無血色的臉蛋轉瞬間變成血跡斑斑，淒厲地咆哮朝她衝來。

「爲什麼不救我？爲什麼不救我！」

不對、不對，她有想要叫救護車，但她的手機偏偏沒電；她有去找其他人幫忙，她還放了紅傘，她並不是那個開車撞人的凶手！

葉璃蓉閉著眼睛想大喊，然而喉嚨卻像被什麼壓住，聲音發不出來。當她感受到那股壓迫感不見的時候，她睜開眼睛，卻發現自己在騎車。

曾往來過多次的山路上空無一人，也不見來車。

可是就在下一剎那，有什麼從前方撲了過來，那影子來得如此突兀，她嚇了一跳，龍頭下意識一轉，煞車同時用盡全力按下。

尖銳的煞車聲在山間就像一聲走調的悲鳴。

當葉璃蓉再次回復意識時，她發現自己趴在路上，機車倒在另一旁。

而前方，前方有什麼在看著她。

那是一名黑髮小男孩，他的眼睛是黃玉般的顏色，頭頂有雙毛茸茸的黑色尖三角耳朵。

簡直就像化成人類的黑貓……

那雙黃玉般的眼睛不帶感情地俯視著她，她試著伸出手求救，可是對方卻忽然轉身走遠，一下就消失在她的視野內。

別走，救我……快救救我！葉璃蓉想大聲呼救，可聲音依然出不來。就在她心生絕望之際，後方又一道腳步聲響起。

她內心大喜，費盡力氣扭過頭，想請求對方幫忙，然而映入眼裡的是前所未見的漆黑怪物，怪物的體型像顆蛋，身上布滿著許多表情扭曲恐懼的人臉。

「找到了……最後的……」怪物開口說話，它一步步逼近，隨即衝了過來，張開大嘴，發出咆哮，「找到了！」

怪物身上的臉在一瞬間同時放聲尖叫。

葉璃蓉恐懼地瞪大眼。

不不不！不要啊——

葉璃蓉終於吶喊出聲音，然後她也從那可怕又詭異的夢中醒了過來。

葉璃蓉驟然張開眼睛，心臟劇烈地跳動。

明明距離炎夏還有一段時間，她卻是滿身大汗。看著上頭熟悉的天花板，她一會兒過後總算想起自己現在在哪裡。

她在男朋友的房間裡。

葉璃蓉大口深呼吸，剛剛的夢境太真實了，令她心有餘悸。

她重新閉上眼，翻身想尋求謝少威的安慰，想向他抱怨自己作的惡夢。那夢太莫名其妙了，她明明就救了那名女學生……還有那奇怪的怪物，她根本就沒見過……

葉璃蓉已經想好要抱怨的內容了，可是當她伸手往旁摸去，卻發現身旁床位空無一人。

人呢？葉璃蓉愣了一下，反射性撐起身體想看個究竟，卻眼角瞄見床邊好像有什麼。

她頓時屏住呼吸，半瞇著眼，小心翼翼地從縫隙中偷覷。

雖然房內沒有開燈，不過只要一下子，眼睛就能適應黑暗。

葉璃蓉看見了，那是她的男朋友，直挺挺站在床前的人是謝少威。

直覺感到某種不尋常，葉璃蓉不敢貿然開口。她看見謝少威像是打量了她一會兒，接著轉頭往落地窗的方向走。

不知道什麼時候，應該上鎖的落地窗早已被打開了。

謝少威邁步踏了出去。

他要去陽台做什麼？葉璃蓉睜開眸子，緊張地注視著那抹和她拉開距離的背影，緊接著她的眸子不敢置信地霍然睁大。

跳……跳下去了？謝少威跳下去了⁉

葉璃蓉驚駭地跳了起來，衝到陽台，低頭一看，原本以爲會看見有人倒臥在地上。

但是，沒有。

她看見的反而是謝少威完好無缺地在路上奔跑，在他身後，拖得長長的不是人形的影子，而是扭曲、彷彿什麼交纏在一起的黑色生物。

葉璃蓉摀住嘴巴，就怕自己尖叫出聲。她抓緊原本想拍照的手機，快步衝回房裡，關上落地窗，再躲到床上，用棉被將自己裹得密密實實，不留縫隙。

房間外的公用大廳內似乎傳來什麼聲音，可是她不敢去外面看個究竟。她躲在被窩裡瑟瑟發抖，不敢相信自己的男朋友……那眞的是她男朋友嗎？還是早就被掉包了？

那是誰？那是誰？

不管是誰，都別來傷害她……絕對不要來傷害她……

第九章

今天對柯維安來說，是有點忙的一天。

他忙著上必修課、蹺選修課——他就像是有著某種第六感，知道哪時候不會點名——再忙著找出和一刻共同的空堂時間，拐著人到不可思議社的社辦討論昨晚各自的發現。

雖說是掛名了不可思議社，但原本就屬於文同會的社辦沒有特別的改變，畢竟兩邊的社員幾乎相同，最多只是多安排了楊百罌專屬的座位出來。

照慣例，當柯維安拖著一刻來到社辦時，最舒服的長沙發上已經躺著一個人了。

「怎麼你又躺在這？曲九江，你當這裡是你的房間不成嗎？要睡不會滾回宿舍睡？」一刻瞪著橫躺在沙發上的鬈髮青年，語氣不爽地說。

柯維安則是在內心大聲附和。說得好！小白，再多說他一點！

「我以爲社員就有待在這的自由。」曲九江連眼皮都沒有掀開，懶洋洋地說，「況且先到先佔的道理，小白，別說你笨得不知道。就算不知道，現在也總該知道了。」

一刻只覺理智斷裂。

「哇！小白等一下，在社辦打架是不可以的！萬一破壞了哪裡，社長會發飆的，安萬里那個狐狸男很會記恨的！」柯維安眼明手快，連忙用兩隻手臂架住想抓起椅子的一刻，「而且謀殺自己的神使也是不被允許的，神應該要和神使培養感情，愛護他、照顧他……我知道以上對你來說都太高難度了，你只要別殺了他就行了！啊，小語，妳來了的話也來幫我一下！」

小語？秋冬語？一刻停下掙扎。

就連曲九江也掀開了眼皮。

大開的社辦門口，正站著一名長髮女孩，烏黑的眼瞳平靜地望著一切。

「下午好……」秋冬語對著社辦內的三人輕點一下頭，提著一個便利商店的塑膠袋走進來，「小柯，還需要幫忙嗎？弄斷手不可以……但是脫臼，應該不算傷害到同伴……」

「咦？不行、不行，我現在不用妳幫忙了，小語！」柯維安立刻用最快速度放開一刻的手，「妳千萬不能把小白的手弄脫臼，不然我們寢室就沒人維持整潔了！」

「維你妹！」一刻厲了柯維安一眼，「別想老子以後會連你們的垃圾一起整理。幹！當我清潔工還不用算鐘點費嗎？」

「算了你就會清？」說話的是曲九江。

「你他媽閉嘴，草莓蘇打控給我閃到一邊去！」一刻表情險惡地給了曲九江一記中指，

「你下次敢把那種甜得要死的飲料倒進我買的牛奶裡，你就知死了，曲九江。」

牛奶加草莓蘇打？嗚呃……這是什麼獵奇的味道？柯維安皺起一張娃娃臉。

「你未免也太難伺候了，小白。我之前問過你，要對人表示友善該怎麼做，你自己不是說可以從分享食物做起？」曲九江雙手抱胸，皮笑肉不笑地哼了一聲，雙瞳閃過不悅的點點銀光。

「免了，謝謝。我要是知道主謀是你，被害者是我，老子絕對不會給這種蠢建議的。」一刻冷酷地回話，顯然沒興趣在這個話題上兜轉下去，「柯維安，你不是說要討論事情？」

「哎哎？對對對。」柯維安登時回過神來，「我是要討論事情沒錯，絕對不是在想曲九江和班代還真像，做事都不怎麼得要……呃，剛是我在胡言亂語。」

注意到曲九江瞇起轉成銀色的眼，陰冷地瞪著自己，柯維安識相地轉回正題。他打開自己的筆電，快速地點了點，叫出一份文件檔。

「小白、曲九江，你們過來看一下，這是我利用時間整理出來的幾個重點。」柯維安朝兩名室友招招手，示意他們靠過來，再對秋冬語說，「小語，妳就一邊吃一邊聽我說吧。」

「了解。」秋冬語頷首，找了個靠近柯維安的位子坐下，從塑膠袋內取出今天的午餐。一刻瞄了一眼，然後忍不住咋舌。秋冬語今天的午餐內容是兩個飯糰、兩個便當。

「秋冬語，妳不覺得這量太多了嗎？」一刻還是不禁說了這一句，「吃太多只會弄壞肚子。」

「否定，我不會……弄壞肚子。」秋冬語說，「人類不是有句話，早餐吃得好、午餐吃得多……晚餐吃得飽……」

一刻放棄吐槽了。

「放心啦，小白，小語的食量完全用不著擔心的。」柯維安笑嘻嘻地接話，「而且社長也會顧好小語。說到這個，這幾天怎麼又沒看見那個狐狸男？」

「安萬里去排隊……」秋冬語撕開飯糰的包裝，頭也不抬地再說道：「蒼井索娜出限量寫眞集……今天還是明天發售，他昨天……就去排了。」

這次柯維安和一刻都不想對此發表什麼意見了。

「咳咳，小白，我們還是快看這個吧。」柯維安移動滑鼠，讓游標移至文字上頭，「你昨天跟我說你們碰到貓男孩和一大群的貓嘛，照他們的說法，他們是爲了確認謝少威和葉璃蓉誰才是百魂妖怪的目標，才進行監視的。而我這邊，則是碰到了那個叫百魂妖怪的傢伙。從這樣來看，百魂妖怪應該就是兩方的共通點。」

一刻沒有插話，而曲九江是連話都懶得說，兩人安靜地聽柯維安進行分析。

按照楊青硯找到的相關資料，百魂是一種會靠著某種方法達到完全體的妖怪。當它成爲了完全體，獲得足夠的力量，它就會開始對貓展開獵殺，以防牠們之中有未來可能會成爲它的天敵——雙尾貓妖。

雖然不知道百魂妖怪要靠什麼方法成爲完全體，但謝少威和葉璃蓉這兩人其中之一，顯然就是關鍵人物，所以百魂妖怪才會試圖入侵他們房間。至於貓男孩那一方，恐怕就是爲了避免百魂妖怪藉由謝少威或葉璃蓉成爲完全體，爲他們帶來危險。

「小白，你說那名貓男孩還誤認你們是百魂妖怪的同夥，我猜也許是因爲我們曾去過謝少威租的房子，沾到了百魂妖怪的氣味也說不定。只是，我不懂的是……」

柯維安若有所思地敲著桌面，「葉璃蓉出車禍時，爲什麼貓男孩會出現？因爲這樣感覺就像是他已將葉璃蓉當成目標了。可是他又和小白你說，他還不確定百魂妖怪看上了誰……要是能弄清楚百魂妖怪進化的手段，說不定就能釐清這一切了。」

「如果向你們公會打探情報呢？」一刻說，「你們那裡有一半的成員都是妖怪，對妖怪的事應該也比較了解？」

「我不是沒想過這個，但是……小白，小白！」柯維安像是有滿腹委屈，哀怨地大叫一聲，就猛然朝一刻撲抱過去。

一刻的反應更快，二話不說抄起桌上的一本書，快狠準地拍了下去。

「我最討厭有人動手動腳，信不信我揍你？」一刻瞇眼警告。

「小白，你都揍了，我怎麼可能不信……」柯維安揉著臉，可憐兮兮地瞅著一刻，「心愛的，你好狠的心，你怎麼可以拿《中國文學史》打我？」

「你再喊一句『心愛的』，我就再打一次。」一刻毫不同情地睨視回去。

「嘤嘤，小白欺負人……」柯維安知道面前的白髮男孩說到做到，只好摸摸鼻子，不敢再討安慰，「小白，我告訴你，情報部的人真的是混蛋，居然集體放假去泡溫泉了！泡什麼溫泉嘛，我詛咒他們最好泡到頭暈溺死在裡面算了。早上跟他們聯絡的時候，只發給我一張一堆溫泉蛋的照片，我要的是情報又不是蛋，而且那蛋我也吃不到！」

「你們公會的人真的都怪怪的。」一刻黑了一張臉，發自內心地給出這麼一句評語。

「小柯……要蛋嗎？」秋冬語從旁挾出半顆滷蛋。

一刻順勢轉頭一看，驚悚地發現秋冬語的午餐全吃完了，只剩她筷子挾的滷蛋而已。

這什麼可怕的速度……

「不了，小語，妳還是自己吃吧。」柯維安萎靡地將下巴抵在桌上，兩眼沒焦距地盯著筆電螢幕。

曲九江已經覺得無聊，乾脆躺回沙發上，長腿不客氣地擱在沙發扶手上。

秋冬語將最後的菜吃乾淨，接著開口，「情報……我可以回去公會找，距離也不遠……」

「咦？」柯維安立即欣喜地彈起身子。

「慢著，什麼叫距離不遠？」一刻也迅速盯著秋冬語，「難不成那公會就在繁星市嗎？」

「對啊，小白你不知……呃，我是說下次有機會，我帶你們去逛逛吧。就算不是會員也沒關係，畢竟都是神使嘛。」一察覺到一刻目露凶光，柯維安用最快速度轉變話題，「小語，那就拜託妳回公會一趟了，碰到老大再幫我問聲好。也不知道他的心情最近怎樣，安萬里之前才說他心情不好……」

「明白。」秋冬語點點頭，站了起來，「我的課……再幫我請病假。」

「沒問題！」柯維安比出一個ＯＫ的手勢。

一刻不禁要懷疑，以往秋冬語請病假沒來上課的時候，是不是都到神使公會去了？

秋冬語的行動力很強，一和柯維安達成協議，轉眼就消失在這間社團辦公室了。

「那麼，小白。」柯維安轉過椅子，面對著一刻和曲九江，腦中已有了初步的計畫，「我打算打電話給西華的一個朋友，請她幫我查一些事，有些事有點在意。然後今天晚上，我們就直接守在……」

柯維安的話被突然響個不停的電話鈴聲打斷。

不是誰的手機，而是擺在桌面上、屬於社辦公共財產的電話在響。

是學校的哪個部門打來的嗎？柯維安滿心困惑對上一刻的視線，後者用眼神示意他接起。

柯維安於是拿起話筒，在好奇地「喂喂」幾聲之前，尖銳急促的聲音已進入他的耳朵裡。

「是不可思議社對吧？我是西華的葉璃蓉！」

那聲音大得差點刺痛柯維安的耳朵，他趕忙拿開話筒。

尖高的女聲持續從話筒中溢出，就連一刻和曲九江也能聽得清楚。

「你們要救我……你們一定得救我！少威是妖怪，謝少威他是妖怪！他一定會傷害我的——」

□

按照柯維安原先的計畫，他是打算晚間十一點多的時候，再度埋伏在謝少威的租屋處外，看看百魂妖怪是否會再次現身。倘若當眞出現，這次憑他們三人之力，一定能將其逮住，帶去給貓男孩作爲交換條件，讓對方不用再監視葉璃蓉。

只是計畫，總是會有生變的時候。

今日下午的一通電話，使得柯維安必須讓行動再多加入一個成員。那人不是別人，正是打電話求救的葉璃蓉。

葉璃蓉在電話中顯得情緒極爲混亂，只是不斷強調她的男朋友謝少威是個妖怪，一定會對她造成傷害。

爲了弄清緣由，柯維安等人只好先約葉璃蓉出來見面。

一見到曲九江，葉璃蓉傻愣了好幾秒，直到一刻不耐煩催促，才不捨地拔離目光。

從葉璃蓉口中，一刻他們這才知道，昨天半夜時，謝少威無故從三樓跳下，毫髮無傷地在路上奔跑，身後影子扭曲異常，不是普通的人形。

葉璃蓉說她怕得最後睡著了，醒來後發現謝少威竟又躺在她身邊熟睡。她嚇得立刻帶上自己的東西奪門而出，說什麼也不敢再多逗留一秒，和他共處一室。

之後她發現自己完全不知道該怎麼和一刻他們聯絡，只好打電話到繁星大學，再轉接到社團辦公室，終於成功和他們再度聯繫上。

而在得知他們今夜的計畫，葉璃蓉堅持自己也要跟上，說什麼都不願意落單一人。

對此，曲九江照慣例沒有意見——他壓根不在乎對方會不會有生命危險，就算出事也與他無關。

柯維安和一刻則是迅速地展開討論，最後共識達成，就讓葉璃蓉也跟著他們行動。因爲放她一人的話，誰知道百魂妖怪是不是會將她當成目標，趁隙轉向她發出攻擊？倒不如把對方放在看得見的地方。

假使需要用上神使的力量，就把她打暈，不讓她看見那些超乎常理的景象。

當然，柯維安沒忘記要葉璃蓉傳簡訊給謝少威，告知今天要回家一趟，以免他對她的突然消失感到懷疑。

晚間十一點，一刻、柯維安、曲九江、葉璃蓉守著謝少威的屋子。

由於這次人數太多，容易引人注目，沒辦法就這麼直接埋伏在外。也虧得柯維安腦筋靈活，發現一個二年級學長的租屋就在謝少威房間的斜對面，用了點手段，就獲得那間雅房的使用權。

至於那位學長，則是去找其他人收留他一晚。

對於柯維安的手段，一刻不免有點好奇，「柯維安，你是怎麼說服學長的？」

「其實很簡單啊，小白。我答應提供他十支好片，就是男人都喜歡的那種片子啦。」

「……你去哪弄那麼多支？」

「這時候，我們就得慶幸我們這裡有個叫安萬里的狐狸男，他的片多到可以當盤商了。」

一刻決定不要再深入問下去，轉而將注意力放回斜對面的屋子。

用別人的雅房當作監視地點，確實方便又隱密性高，不用擔心會被其他人看見——除了要忍耐這房間的髒亂。

謝少威今天也挺早熄燈，還不到十一點半，他的房間就暗下了。

這時候，一刻聽見一道細微的「卡嚓」聲，他立即轉頭，看見葉璃蓉正拿著手機拍著屋外景象。

「妳為什麼要拍照？」一刻沉下臉，「妳知道我們在做什麼嗎？」

「知道啊。」葉璃蓉皺皺鼻子，就像對一刻的問題感到不以為然，「但我昨天沒拍到照片嘛，今天要是再看見少威跳下來，我一定要拍到！」

「謝少威是妳男朋友吧？」一刻瞪著葉璃蓉的眼神如同瞪著無法溝通的生物。

「學弟，你是笨蛋嗎？誰會要一個怪物當男友？」葉璃蓉嫌惡地皺起可愛的臉蛋，「他說不定會吃了我耶。幸好我們才認識一個月，我就識破他的身分，否則哪天被吃掉都不知道。」

「但我們也還不確定謝少威學長是不是……」柯維安的話說到一半就被打斷。

「你是指我看錯嗎？我看得可是一清二楚！」葉璃蓉惱怒起來，「反正等等我拍到照片，就是最有力的證據了。我還可以放到我的粉絲團上，這一、兩天沒更新，害說讚的人數都沒有再增加。」

「那妳他媽的就該昨天自己先拍。」一刻只覺心頭火衝上，想也不想回了句諷刺的話語。

沒想到葉璃蓉瞪大眼，理直氣壯地嚷，「昨天拍？那種情況我有危險耶！今天你們會負責保護我，我當然是挑今天啊！」

柯維安幾乎是眼明手快地抓握住一刻的手，要他冷靜。雖說在這種情形下，他自己也是一肚子火。

葉璃蓉的自私在這番言行中表露無疑，可偏偏事到如今，他們也不可能抽手不管。只要涉及到可能危害人間的妖怪，那就是他們神使的職責。

「我可以給一個建議。」從頭到尾都沒興趣插話的曲九江忽然開口，他的眼眸瞥向葉璃蓉，唇角勾起似笑非笑的慵懶弧度。

在葉璃蓉不禁臉紅心跳的時候，他無預警地俯身靠近，耳語地說，「妳可以在自己快死前盡量拍自己，那誰都不會有意見。」

葉璃蓉的表情僵住，頓時不敢再開口說話。

「欸，小白，曲九江說了什麼？」音量太小了，但見曲九江能讓對方閉嘴，柯維安不禁心生好奇。

「我怎麼知道？」一刻推開柯維安又湊得太近的臉，沒興趣弄清楚。他現在只想趕緊解決這次事件，就用不著再和葉璃蓉有牽扯了。

柯維安當然不會去問曲九江，對方唯一會給的恐怕只有高傲蔑視的冷笑。他學著一刻，將全副的注意力都放在對面屋子上。

倏然間，一直毫無動靜的陽台落地窗前突然站了個影子。

「小白。」柯維安連忙低喊道。

不單是柯維安，其他人也看見了落地窗前站立著一抹人影。

然後落地窗被人打開了，是謝少威，他的臉清楚地躍入所有人的眼中。

葉璃蓉馬上就想再拿起手機拍照，但一刻猛地一掌擋在她的手機前。

葉璃蓉氣惱，可在她欲發難前，一刻尖銳凶狠的目光已像針刺來。

「妳敢再拍，老子就折了妳的手機。」一刻放低聲音，神情陰狠，平常斂起的戾氣不再特意隱藏。

葉璃蓉本來還想回嘴——就算不是同校，她也是二年級的學姊——然而一對上一刻的視線，她的聲音隨之像遭到絞住，懼意爬上她的背脊。

那眼神，著實太過嚇人。

「小白，謝少威走到陽台了。」柯維安一邊盯著斜對面的景象，一邊快速回報，「他看起來像夢遊，他……我靠！他眞的跳樓了！」

柯維安幾乎是大驚失色地吼出這句話，那聲音在夜晚不算是能吵醒左鄰右舍的程度。可是當一刻一個箭步衝上窗前，低頭向下看時，視線卻不偏不倚地正好和馬路上重新站起、毫髮無傷的謝少威撞上。

「幹！那傢伙發現我們了！」一刻咒罵，下一秒見到謝少威竟是拔腿就跑，「媽的！他還跑了！」

沒有多想，一刻將窗戶開至最大，身子鑽出，隨即迅速跳下。

「啊！他也跳樓了！」葉璃蓉刷白了臉，驚恐地放聲尖叫。

曲九江連看也不看一眼，彎腰也鑽出窗外，轉眼亦是不見蹤影。

「他、他們都……」葉璃蓉不敢置信地瞪著如今空無一人的窗口。

「外面有樹，他們是利用那個。好了，我們也快走吧。」柯維安不給葉璃蓉再追問或尖叫的時間，抓住裝有筆電的包包，一把扯住對方的手臂，就衝出臨時借用的雅房，三步併作兩步地狂奔下樓。

柯維安的內心其實是叫苦連天，他也想學一刻和曲九江使用神紋的力量，直接跳下三樓——噢，後者還可以只用他的妖力，用不著動用到神力——問題是他身邊還帶著一個葉璃蓉，處處綁手綁腳的。

一跑出一樓大門，柯維安就發現一刻和曲九江已不見人影，路面上則留有一個用銳物劃出的箭頭符號，他馬上就想到一刻的白針。

「他們不見了？少威也不見了？」葉璃蓉驚慌地東張西望，忍不住直跺腳，「他們丟下我們了？他們怎麼能……」

「學姊，上車！」柯維安動作迅速地拋給葉璃蓉一頂安全帽，既然沒辦法在這時候使用神力，那就只能選擇文明的利器了。

「咦？什、什麼？」葉璃蓉瞪著已經發動好機車的柯維安，一時間仍反應不過來。

「動作快！」柯維安嚴厲地催促，那沒了笑容的娃娃臉竟也顯得魄力十足。

葉璃蓉當下一驚，趕緊依言行動。她坐上機車後座，兩隻手臂緊緊抱住柯維安的腰，像是怕被人拋下不管。

柯維安在自己的腰被人摟抱住的剎那，有種古怪的感覺竄上心頭，就像那時候他在謝少威的套房裡，在葉璃蓉身上感受到的感覺是一樣的。

「學姊，妳……」柯維安轉過頭，原本想再追問，只是他的眼角瞄見了謝少威的房間裡似乎出現一抹人影。

誰？小偷？或是眼花看錯？

柯維安想要再看仔細，然而他的目光這次被另一幕景象攫住了。

謝少威租屋的屋頂上，不知何時趴伏著一抹如同黑色軟布的黑影。

「有沒有這麼倒楣的……」柯維安嘴巴發乾，但還是力持鎮靜，雙眼不敢離開那抹黑影身上，一隻手摸向口袋。

「學弟，你剛不是急著走嗎？」葉璃蓉不耐煩地催促，不懂柯維安在看什麼。只是當她扭過頭，她也看見了屋頂上那片超乎常理的黑影。

葉璃蓉的聲音頓時消失不見。

柯維安沒有回應葉璃蓉的話，而是按下了手機上的一組號碼。

「喂？小語。」手機另一端一接通，柯維安立刻毫無停頓地說下去，「去謝少威家一趟，再到和平中心碑集合。」

迅速地結束通話，柯維安轉而對葉璃蓉說，「學姊，等等抱緊我，我會騎很快。」

「什……你說什……哇啊！」葉璃蓉未完的話化作一聲尖叫。

沒有任何預警，柯維安催動油門，猛然地往前衝。

同時，趴伏在屋頂上的黑影也像掠食者般大力撲下，一沾地馬上變成張牙舞爪的黑色野獸。

黑獸搖頭擺尾，張嘴一長嘯，瞬間拔腿急追，緊追在柯維安的機車後方。

柯維安這下可確定了，百魂妖怪的目標不是別人，就是葉璃蓉！

第十章

與昨晚情形完全逆轉過來，現在是柯維安騎車被追著跑。化作黑色四足猛獸的百魂妖怪在後方氣勢洶洶地追著不放，耳邊還要忍受葉璃蓉近乎歇斯底里的尖叫。

「騎快點！再騎快點！你想害我們都被追上嗎？你是故意讓我坐後面的對不對？」葉璃蓉蒼白著臉，語無倫次地高喊。每當她一回頭望見黑獸對她咧開血盆大嘴，她又是爆出一陣尖銳的喊叫，「不要、不要！它會吃了我，那妖怪會吃了我的！」

柯維安根本無暇面對葉璃蓉的叫喊，他不時分神留意後照鏡內的情況，今晚的百魂妖怪給他的感覺像是餓了許久的猛獸，非得要抓到眼前的獵物吞吃入腹才肯罷休。

一邊留意後方，一邊還要加快車速，更要小心周遭車輛，柯維安已經沒辦法再分心尋找一刻留給他的記號，他只能直接鎖定往和平中心碑的方向。

那裡似乎是貓男孩的出沒地，他把他們的敵人帶去那兒，他們總會出手幫忙吧？

同時，柯維安的心裡也只能祈求一刻他們能將謝少威也引到和平中心碑去，這樣就能來個一網打盡。

晚間十一點多的繁星市，人車稀少。

柯維安不敢放鬆警戒，更不敢減慢速度，他終於來到第一圓環了。

驚險地來了一個大迴轉，在馬路上留下車痕，他全力地往和平中心碑的方向衝刺而去。

拜託一定要在啊，貓男孩！

上天似乎是聽見了柯維安的祈禱，矗立著的巨大石碑出現在他的視野內時，他也看見了趴臥在石碑下的眾多野貓。

那些貓一發現柯維安接近，不但沒有立即逃逸，反倒是迅速弓起背脊、豎起尾巴，齜牙咧嘴地對著那方向發出尖厲凶狠的叫聲，彷彿將之視作會帶來危害的敵人。

但是柯維安可以看得出來，那些貓並非將他們視作敵人，牠們的目標是另一個百魂妖怪！

「怎麼會有這麼多……咿啊！」葉璃蓉的問句變成了失措的喊叫。

柯維安的機車緊急停了下來，然後就像支撐不住平衡，連車帶人地往旁倒下。

幸好底下是草地，但沉重的車身還是壓得葉璃蓉冒出冷汗、眼眶泛紅，痛苦地呻吟出聲。

「我沒想到你會將百魂妖怪和葉璃蓉都帶過來了。」一道稚氣的嗓音說，「不過這的確是省了我們很大的麻煩。」

隨著那道嗓音落下，柯維安和葉璃蓉頓時感覺身上一輕，機車自動立了起來。

柯維安連忙撐起身體，往旁一看。他睜大眼睛，這是他初次清楚看見貓男孩的全部面貌。

黑髮、黃玉般的大眼睛，青稚的臉孔加上頭頂那雙毛茸茸的黑色尖耳朵，外表說有多可愛就有多可愛。

「貓……是眞的貓男孩！」葉璃蓉不敢相信地大叫，第一反應就是想拿出自己的手機拍下對方的照片，「我的天，我眞的再見到了……」

只不過在她按下快門之前，那名黑髮小男孩的身影就消失在她的鏡頭內。

「我不喜歡有人未經我的允許就拍照哪，小姑娘。」不待葉璃蓉反應過來，胡十炎含帶天眞笑意的聲音就落在她的耳後。只見他靠她極近，臉上也是一派無邪笑意，然而五指冒出利爪，正不偏不倚地抵在她的臉邊，「否則我就抓花妳唯一優點的臉唷。」

葉璃蓉動也不敢動，她屏著氣，僵硬地點點頭。

胡十炎還是掛著笑，他抬起頭，直視被引到此處的黑色野獸。

百魂妖怪明顯也知道不對勁，它警戒地刨著地、吐著氣，卻也不願就此離開。

「還沒形成完全體的百魂妖怪嗎？」胡十炎的瞳孔慢慢變得尖細，「我可不會讓你有機會傷到我的眷屬。現在就在這裡，乖乖受死吧！」

胡十炎無預警發出了如同野獸的厲叫。

就在這瞬間，無數貓叫由四周此起彼落地傳出。短短時間內，數也數不清的野貓出現在和平中心碑周圍。牠們緊緊盯著百魂妖怪，每雙眼都像在夜間發著光。

「我的眷屬們，誰都不能插手！」胡十炎可愛的小臉掠過戾氣，他的十指都冒出尖銳爪子，嘴裡的牙齒也變得尖利。

野貓們齊聲喵叫，聽起來竟有如奇異的大合唱。

不對，牠們是眞的在唱歌！

柯維安吃驚地睜大眼，雖然曾聽一刻提過，但實際目睹還是感到了震撼。

葉璃蓉下意識又想拿起手機，然而一道快得看不見的黑影抽來，登時打掉她手上的手機。

「我不會再警告妳第三次了，葉璃蓉。」胡十炎回頭獰笑，稚氣的臉蛋竟有著讓人害怕的壓迫感。

葉璃蓉摀著發疼的手，驚恐地看著胡十炎掠身衝向百魂妖怪。

化作黑獸的百魂妖怪不甘示弱地再度改變形體，它體積脹大，牙齒更鋒銳，四肢的爪子也更嚇人。

野貓們還在齊聲高唱。

喵喵喵，貓咪、貓咪、貓男孩，我們的國王，偉大的國王，分享著美味的魚干和牛奶。

喵喵喵，貓咪、貓咪、貓男孩，我們的國王，偉大的國王，保護我們，擊退可惡的敵人，不讓妖怪靠近一步。那個妖怪、那個妖怪，可惡的百魂妖怪。

胡十炎的速度快得驚人，瘦小的身子彷彿蘊含著令人想像不到的龐大力量。他輕易閃避百魂妖怪的撕咬、抓擊，每揮出一次爪子，就在那具黑色的軀體上抓出數道血痕。

百魂妖怪對被單方面的壓制感到心浮氣躁，它試圖想要一腳踩住胡十炎，卻有時連對方的身影都捕捉不到，狼狽的模樣簡直像是徒勞地追著自己尾巴跑的狗。

百魂妖怪徹底被激怒了，它身體扭曲，開始浮現出一張張的臉，有男有女、有老有少，他們瞠大眼，表情恐懼扭曲。

葉璃蓉呆住，她想到夢裡出現的妖怪。外型不一樣，可是那些人臉……與夢中相同！

柯維安不知道葉璃蓉在想什麼，一見那些人臉出現，他頓時暗叫糟糕，知道百魂妖怪又要故技重施。顧不得葉璃蓉還在身邊，他從背包抓出筆電，一打開竟是已經呈現作業中的畫面。

「小心它的叫聲！」柯維安高喊，同時伸手探進螢幕，該是堅硬的螢幕頓如水生漣漪。

柯維安迅雷不及掩耳地抓出一支巨大毛筆，筆尖沾著金墨。

在百魂妖怪發出咆哮的瞬間，金墨揮灑成一道防護屏障，連同那些貓也圈入其中。

宛如多人聲音疊合在一起的咆哮只衝擊到胡十炎。

但恐怕連百魂妖怪自己都沒想到，那名黑髮金眼的小男孩居然僅僅臉色微變、後退一步，就復而迅速地再次衝上前。

「好了，快乖乖受死吧！」胡十炎稚氣的聲音就像是歡快地歌唱一樣。

可說時遲那時快，又一道人影凌空躍下。

「誰來搗亂！」胡十炎瞇眼，轉頭厲聲一喝，一手的利爪赫然朝那方向伸長，眼看就要直接刺穿那人影的軀體。

「等一下，別傷他！」柯維安卻是看得清楚，那正是一刻他們追捕的謝少威。

胡十炎的動作一頓，不過另一手並沒有任何停滯，尖銳的五指快狠準地直刺入百魂妖怪的體內。

即使那製造出的傷口和百魂妖怪的體積相較之下，顯得格外微小，可是對百魂妖怪來說，似乎造成了某種巨大傷害。它又爆出更淒厲的號叫，身上的所有臉孔也一併嘶號。

「所以我超討厭百魂妖怪的！」這聲叫喊像是也對胡十炎產生了影響，他扭曲可愛的小臉，飛快拉開與對方的距離，雙手摀住耳朵。

柯維安他們待在保護障壁內，並沒有受到衝擊。但是突然闖入現場的謝少威就不能倖免於難了，他的身子登時跪下，痛苦難耐地摀住雙耳。

見謝少威出現，柯維安馬上想到追著他而去的一刻和曲九江。難道他們也遭到那陣號叫的波及了？

柯維安心中剛焦灼不已地浮出這想法，一團輝煌奪目的火焰從天而降，當下砸落在百魂妖怪身上。

令人措手不及的攻擊，瞬間讓百魂妖怪的慘叫戛然而止，高溫的灼燙使它痛苦得只能在地

面瘋狂打滾，發不出聲音

胡十炎放下手，詫異地望著逐漸轉小的火焰，接著像感受到什麼，驀然轉頭看向另一方。有兩抹人影正往這走來。

一人髮絲赤紅，右臂纏繞著緋色的火焰；一人一頭白髮，正臉色鐵青地揉著一邊的耳朵。

「小白！曲九江！」柯維安又驚又喜，立即解開屏障，大步跑上前，「小白白白白，人家擔心死你了啊！」

「吵死了，別對著我大聲喊。」一刻一掌抓住柯維安的臉，將他甩到旁邊去，「媽的，剛那什麼鬼吼鬼叫？老子耳朵爆痛的……」

「我就說，一把火扔過去不就清靜了？」曲九江陰沉著臉說，明顯方才的那陣叫聲也對他造成影響。

「呃……如果那火扔不對地方，恐怕就是悲劇了。」柯維安吞吞口水，瞥了看似奄奄一息的百魂妖怪一眼，慶幸曲九江的準頭夠，否則就要殃及他們這些可憐的池魚了。

謝少威跪在地上，大口喘氣，接著他搖搖晃晃地想站起來，可是兩束白影疾閃，剎那間釘住他的兩隻褲腳。

那個皮膚黝黑的男人大吃一驚，轉過頭，瞪大眼——釘住他褲腳的是兩柄烙著熾白花紋的長刀。

「你們把葉璃蓉帶來就算了，爲什麼連謝少威也帶來……我沒打算這麼問你們，我更感興趣的是另一件事。」胡十炎方才看得很清楚，刀是由那名紅髮青年射出的，後者的脖子以及下巴邊側，此刻正烙印著白色花紋。

他若有所思地眯起眼，嘴角掛著饒富興味的笑意，吐出了特意放輕的聲音，「紅毛的，我知道你是妖怪。可我沒想到，你還是神使……你身上的神力氣味可明顯得很，但我好奇的是，爲什麼妖怪能夠成爲神使？」

胡十炎的雙眼在這瞬就像泓古老沉靜的金色湖水。

「妖力應該只會和神力相剋，你和你的神之間，究竟是如何完成靈魂契約的締結？」

「你憑什麼讓我告訴你？」曲九江的眼瞳顏色染成銀白，臉上是傲慢和輕蔑並存的笑，「只是個貓小鬼，就快帶著你的那些貓回去玩扮家家酒遊戲……小白！」

優雅又透著危險的嗓音瞬時拔成一聲怒吼。

「白你老木。」上一秒狠狠巴上曲九江後腦的一刻甩甩手，冷眼瞪了對方一眼，「誰讓你威脅人家小孩子的？曲九江，你的心智年齡能不能再拉高點？」

「嗯嗯，說得好，小白，再多說他一點！」柯維安大力點頭，直到接收到一記冷酷的視線，才發覺自己無意間將話說了出來。他趕緊閉上嘴，朝曲九江無辜裝傻，裝作自己什麼也沒說。

沒想到就在這時，一聲驚恐的尖叫驀然傳出。

「咿啊！」

那是年輕女孩的叫聲。

一刻等人一驚，急忙回過頭，映入眼中的卻是他們預想之外的畫面。

本該和百魂妖怪保有一段距離的葉璃蓉，此刻居然被變了外型的對方一掌抓握住脖子，成爲對方的人質。

百魂妖怪如今解除野獸的型態，它的身軀令人想到一顆龐大黑蛋，手腳相較之下格外細小，無數人臉依舊附在它的軀體上。它看起來很虛弱，似乎再經過幾次攻擊就能將它一舉擊倒，但是它剩餘的力氣仍足夠抓住葉璃蓉。

那名馬尾女孩瞪大著眼，臉蛋毫無血色，一副嚇壞的模樣，全身哆嗦不已。

沒人想到百魂妖怪還有餘力反擊，可是更沒人想到葉璃蓉竟然會主動靠近百魂妖怪，使自己陷入此種困境。

「她……她沒事幹嘛要自己靠上前啊！」柯維安簡直不敢置信地大叫，「她不是該好好待在……」

柯維安就像一時間找不到適當的話，他指指原先設立結界的地方，再指指如今成爲人質的葉璃蓉。隨即他注意到了，滿臉懼色的葉璃蓉手中，赫然抓著先前曾被胡十炎打掉的手機。

等一下，手機？不是吧？難不成……柯維安張大嘴，還沒說出自己的推測，同樣想到的一刻已經快一步先開口了。

「媽的，她智障啊！」一刻火大地咒罵，「這時還只想著要拍照嗎？」

從葉璃蓉臉上閃過的狼狽來看，所有人都知道一刻說對了。

「人類愚蠢的堅持有時候還真超乎我的想像。」胡十炎稚氣的聲音帶著十足諷刺，可是他的全身卻是緊繃的，如同隨時要撲擊出去的野獸。

一開始，一刻他們還未察覺到這點，是當全部的貓都弓起身體，朝百魂妖怪發出威嚇又帶著緊張的叫聲後，他們才發現到的。

不論是貓男孩或他的貓，都陷入了一種警戒狀態。

他們在擔心葉璃蓉的安危？不對，這不合理……柯維安不用一秒馬上推翻自己的想法，緊接著他猛地回想起某件事。

百魂是靠著某種方法達成完全體的妖怪，雖然不知道具體是什麼方法，但謝少威和葉璃蓉兩人之一，似乎就是其中的關鍵。

不，在稍早前就證實了，百魂妖怪的目標是葉璃蓉，而現在，葉璃蓉就在它手中……

「你們還傻在那做什麼？快救我，快救我啊！」見眼前眾人一時間毫無反應，葉璃蓉白著臉尖聲大喊。而在感覺到抓握在自己脖子上的黑色手指倏然收緊時，她的尖叫變成了恐慌的嗚噎，頓時不敢再貿然有所動作。

「除了一把火直接燒掉的建議，我不會再提供任何幫助。」曲九江對於葉璃蓉成爲人質的事，從頭到尾就是抱持著冷眼旁觀的態度，就連現在，他的語氣仍漫不經心，銀眸冷酷，手臂上的火焰熾烈。

任誰都能從那妖異的景象看出曲九江不是人類，但葉璃蓉眼下根本不在意這個，她對曲九江提出的棄她於不顧的方法感到更加懼怕。

她想要歇斯底里地怒斥反駁，可是又怕自己這一叫，扣住自己脖子的黑色手指會不會再加大力道。最終她只能紅著眼眶，慘白著臉，拚命搖頭。

「把你那天殺的建議撤掉，反正老子也沒指望過要你幫忙。」一刻惡狠狠地厲了曲九江一眼，「找你我還不如找柯維安。」

就算知道時機不合適，柯維安還是忍不住爲一刻的話得意洋洋地挺起胸膛，無視曲九江朝自己投來的陰戾眼神。

「閉上你們無用的嘴，這裡是我的地盤，一切聽我的命令。」胡十炎眯起黃玉般的眼睛，瘦小的身軀卻有種迫人的氣勢，數隻野貓同時聚至他腳邊，那姿態像是在等他一聲令下。

百魂妖怪將另一方的舉動都納入眼中，它咧開嘴，發出了虛弱又低沉的笑，那聽起來更像狗吠。它身上的人臉也在笑，只是表情依舊痛苦不堪，那場景說有多詭異就有多詭異。

「最……後……」百魂妖怪的嘴裡擠出了粗厲的聲音，它改用另一隻手抓住葉璃蓉的腰，將她舉了起來，雙眼湊近，「最後……」

「不要、不要……」葉璃蓉的聲音接近悲鳴。對她而言，不止是一雙眼睛靠近她，還有眼睛旁的那些人臉也離她如此接近。

救她，誰來救救她……爲什麼她要遇上這種事？爲什麼夢中的妖怪會活生生地出現在她眼前？

拜託，誰來救救她——

「我那時也這麼說了。」一個更加年輕的女聲說。

什……！葉璃蓉的思緒停滯住。

就在這瞬間，百魂妖怪發出興奮的咆哮，「最後一個！」

葉璃蓉回過神來，看見的是朝自己兜頭咬下的血盆大口。

「不要——」

「阻止它！」胡十炎揚聲大喝。

所有叫喊剎那間像疊在一起。

百魂妖怪準備咬住葉璃蓉的頭。

葉璃蓉閉上眼睛，死命尖叫。

胡十炎和他的貓咪們衝了出去。

一刻抽出白針。

柯維安揮出自己的毛筆。

一切都在同時進行。

但是，有什麼比這「一切」還要來得快。

被兩把長刀釘住褲腳，安分得幾乎令人忘記他的存在的謝少威產生了異變，他高壯的身軀霍然潰爛成黑泥。

黑泥濺起，宛如箭矢般地疾疾飛出，貫穿了百魂妖怪的身子。

誰也沒想到這個發展，眾人的動作都停住了，包括百魂妖怪。

這個外型如黑色蛋形物的妖怪維持著張大嘴巴的姿勢，葉璃蓉的頭幾乎都送進它嘴中了。

而它全身上下所有眼睛都在轉動，都在瞬也不瞬地盯住那個一截埋在體內、一截還暴露在外的銳物，彷彿無法思考現在究竟發生了什麼事。

在這之中，只有一個人開口。

「抓、到、了。」

那是發自葉璃蓉口中，卻又不屬於她的聲音。

一刻瞪著眼前的一幕，卻無法理解發生何事。

他親眼目睹謝少威的身體潰爛成黑泥，再像支箭射出，貫穿了百魂妖怪的身體，繼而四分五裂，像張網子般困住了百魂妖怪。

然後，葉璃蓉用不屬於自己的聲音說……

「抓到了！我抓到了抓到了抓到了！」那個聲音興奮地尖喊道：「終於抓到了抓到了抓到了抓到了——不要！」

最末兩字猛地又變回葉璃蓉的聲音，她摀住嘴，眼裡和臉上盡是驚駭，彷彿就連她自己也不知道，為什麼從嘴巴裡會跑出另一個人的聲音。

「我……我的天……」柯維安結結巴巴地說，他已經搞不懂眼前是什麼樣的情況，「這到底……見鬼了，這到底……」

突來的手機鈴聲打斷了柯維安，這陣鈴聲也嚇了他們這方的人一跳。有幾隻野貓甚至真的炸毛地跳了起來。

柯維安手忙腳亂地找出自己響個不停的手機。

來電的人是秋冬語。

他連忙按下接聽的按鍵，卻一時錯手按成了擴音模式。

「小柯，資料室沒開啓……情報無收穫。已經檢查完謝少威的住處，正在趕來和平中心碑……」秋冬語缺乏起伏的嗓音進入了在場眾人耳中。

和平中心碑此刻是一片詭異的死寂，就只聽手機那端秋冬語又說：「謝少威安然無事，無異樣……陷入熟睡，以上。」

似乎認為自己已交代完畢，秋冬語單方面又結束了通訊，全然不知自己留下的這番話，造成了多大震撼。

機械性地將手機收起，柯維安慢慢抬起頭，與身旁的一刻對上視線。

秋冬語說，謝少威安然無事地在自己住處熟睡。

「小語……不會說謊。」柯維安感到嘴巴發乾，他對著一刻擠出這句話，又轉頭直視前方的百魂妖怪與葉璃蓉。

身為秋冬語的搭檔，柯維安明白她不會說謊。既然如此，那他們至方才為止看到的「謝少威」……又是什麼？

他們本以為謝少威真的是妖怪，可如果真正的本尊還留在屋子裡，那他們剛剛看見的、一路緊追的……

「胡說……胡說、胡說！」葉璃蓉霍地激動尖叫，「我明明看見謝少威是妖怪！他不可能還在屋子裡，否則我們剛看見的是什麼？」

「是我的一部分哪。」粗厲的笑聲再度從葉璃蓉口中溢出。

葉璃蓉瞠大眼眸，但怎樣也無法控制自己的嘴巴。

「好了，不要浪費時間了，我可是把身體控制權讓給妳夠久，我也休息夠久了！」

隨著那話聲一落，葉璃蓉的嘴巴驀然閉上。她雙眼張得大大的，她從百魂妖怪的箝制中下滑至地面跪坐。下一秒，脖子發出了可怕的「卡嚓」一聲。

葉璃蓉的脖子折成詭異的角度，中間撕裂開一道缺口，然而從中湧出的不是汩汩的鮮血，而是一縷縷黑色霧氣。

黑霧很快就聚成一個形體，看起來就像裹著斗篷的黑色人影。

柯維安甚至下意識地想到「死神」一詞。

誰也看不清斗篷下的臉孔，那裡彷彿盤踞著一團黑暗，唯一能辨識的是一對散發著不祥光芒的猩紅色眼睛。

不用對方再開口說一句，三名神使已然知道它的身分。

那是……瘴！

換而言之，葉璃蓉早在一開始就遭到瘴的寄附。

「那是什麼？那是什麼！」脖子折成可怕角度的葉璃蓉還有辦法說話，她歇斯底里地驚嚷著，卻又在目睹自己的身子變得半透明後，聲音全卡在嘴裡。

「原來……是這樣嗎？怪不得我們無法正確地判斷出誰才是百魂妖怪的目標。」胡十炎輕聲地說，他做了一個手勢，示意全部的貓退到石碑後，「瘴靈……融合。」

「什麼!?」柯維安無法抑制地發出尖銳聲音，他猛然扭頭望著胡十炎，臉色不知為何發白，「你剛剛說……」

「瘴靈融合是什麼？」曲九江不客氣地拋出自己的問題。從其他人和一刻的臉色來看，顯然他們都知道那代表著何種意義，卻唯獨他不知曉，這令他有些不悅。

「就是字面上那樣，瘴和充滿負面能量的亡靈融合在一起，力量會變得更大。」一刻擠出繃緊的聲音，目光沒有離開前方。

「意思是那女人其實早就死透了嗎？」曲九江挑起眉，「我們接了一個死人的委託？」

「不對，我沒死！我才沒死！」葉璃蓉煞白了臉，聲嘶力竭地大吼：「我怎麼可能……我明明就還活著！我那時車禍也沒事，怎麼可能忽然間就死了？」

「是啊，這怎麼可能……」柯維安啞聲地說，「我知道她是亡靈了，我現在聞出來了……可是，我之前明明無法確切地……」

柯維安突地沒了聲音，他憶起之前感受到的那幾次不對勁……也就是說，打從一開始和他們接觸的葉璃蓉，真的就是鬼魂了？

「這見鬼的也太靠杯了……」一刻不自覺地脫口道：「如果她是鬼，她男朋友沒道理不知道她早就掛了吧？她的朋友、家人總會跟他提到吧？除非……」

「除非，還沒有人知道她已死的事，包括她自己也不知道。」胡十炎說，「我之前也提過了吧，我不能確定誰才是百魂妖怪的目標。幾天前，我爲了追查百魂妖怪的行蹤，結果找到了發生車禍的葉璃蓉，可是她那時的確看不出異樣，只是有點擦傷，相當地健康完好，怎麼看都不像是會被百魂妖怪盯上的對象。」

「但接下來，我就發現百魂妖怪的氣息居然出現在她和謝少威住的那屋子附近，那表示百魂妖怪盯上了他或她。而現在，既然確定它的目標是葉璃蓉，那麼恐怕也可以確定她在那天的車禍就送了命，是瘴的寄附使她看似和活人無異。」

「爲什麼你能肯定是那次車禍？」一刻回頭盯住了胡十炎，「爲什麼百魂妖怪將她當成目標，就表示她在那時候就死了？」

「年輕的神使，你以爲百魂爲什麼叫『百魂』？」胡十炎的語氣就像將一刻當無知晚輩看待，他的瞳孔縮窄，形成了針尖般的形狀，「因爲只要它吞了一百條人類魂魄，就能成爲完全體。它會盯上的目標，也唯有……亡魂啊。」

「是的是的，就是亡魂啊！」回應胡十炎話語的，是宛如披覆黑斗篷的瘴。它的大笑尖高刺耳，像是鋸子在鋸著某種東西，「還是愚蠢、不知自己已死、充滿執念的靈魂才行！來吧，百魂，你渴求已久的第一百條靈魂就在這裡。我讓你吃了她，條件是你必須向我展現出你的渴望、願望，你的欲望！」

瘴放聲咆哮，紅眼猩紅至極，由黑霧凝成的斗篷霍地翻飛。
同時，那像大網困縛住百魂妖怪的黑色物質轉眼退去。
恢復自由的百魂妖怪嘶吼，「最後一個！最後一魂！」
漆黑的細線瞬間自百魂妖怪體內暴衝而出。
那是欲線，欲望具現出來的線。
對成爲完全體的渴求，讓百魂妖怪的欲望終於失衡了。
「不不不！不要！」葉璃蓉駭然尖喊，在地面連滾帶爬，只求躲過百魂妖怪的血盆大口。
「救我！求你們救救我！你們不能見死不救啊！」葉璃蓉哭喊著，向一刻等人拚命伸出手。
「那麼，妳就能見死不救嗎？」年輕的女聲說。
這一次，這道聲音清晰無比地進入了眾人耳中。
一刻他們不禁一愣。
而葉璃蓉卻是凍住身體，她記起這個聲音了。她聽過……她曾聽過一次，就那麼一次……
葉璃蓉不敢相信地循聲抬起頭，看見瘴揭下了斗篷，露出一張少女的臉孔。
但下一剎那，那臉孔又消失，紅眼鑲附其中的只是一團混沌的黑暗。
可是，這已讓葉璃蓉和其他人看得夠清楚了。

「妳是、妳是……」葉璃蓉的表情就像目睹恐怖至極的東西，可愛的臉蛋一併扭曲了，她的反應表現出她其實認得那張少女臉孔的主人，「不是我的錯……我沒有做錯，那明明跟我一點關係也沒有……」

而在這瞬間，即使所有人都因爲癉的突然變化愣住，那也不會包括百魂妖怪。

百魂妖怪的眼中只有葉璃蓉，只有那抹可以助它成爲完全體的靈魂。它張嘴咬上了葉璃蓉的身軀，身上的人臉都在尖喊哀號。

「最後一個了！」

「它得到最後一個！」

「它成功了！它終究還是成功了！」

葉璃蓉扭過頭，她感到身上隨著百魂妖怪的咬合傳來劇痛。她不知道自己有沒有淒厲的尖叫或是痛哭，她只是睜大眼，然後聽見曾從自己嘴中發出的粗厲聲音說：

「抓到了！成功了！是我的了！一切都是爲了這一刻，妖怪的欲望、亡者的欲望，再也沒有什麼比這更美好了！」

那同時也是那道粗厲聲音說的最後一句話。

披裹著斗篷的紅眼身影化作一道黑色旋風，猝不及防地衝向了百魂妖怪的心口。

那裡正是欲線的湧冒處。

「我……我的天……」柯維安白了一張娃娃臉，手指無意識緊抓住一刻的手臂。像感受不到手臂上的疼痛，一刻望著前方光景，名爲「顫慄」的感覺爬了上來，如同冰涼的蛇信舔舐著後背。

黑色的旋風越變越細，直到完全鑽入百魂妖怪的體內。

當瘴的身影消逝在眼前，那條掛在百魂妖怪身前的欲線也跟著隱沒，像是不曾存在過。百魂妖怪彷彿什麼異樣也沒有感受到，它嘴巴張裂得更大，隨後一口氣將半透明的馬尾女孩吞了進去。

下一秒，百魂妖怪的身軀倏地僵直，雙眼閉上，就連身上的那些人臉也閉起了眼。

百魂妖怪的外貌正在發生改變，那些人臉的輪廓消失，只剩一雙雙眼睛。它的體型變得更趨近人形，只是依舊龐大、漆黑，肩膀部位分別再鑽冒出兩顆頭顱，同樣也閉著眼。

一顆赫然是葉璃蓉，另一顆則是方才曾出現過的少女。

接著，所有眼睛張開，不祥的猩紅色澤取代了原先的漆黑。

一刻緊握白針，極力壓抑住寒意。眼前的光景，就和曾發生在楊百罌身上的事一模一樣——欲線沒有碰地，瘴卻入侵了欲線之主的體內。

專門吞噬人心欲望的瘴……究竟，發生了什麼樣的變化？

第十一章

柯維安同樣也瞪著前方的紅眼妖怪，或者說，他瞪的是那顆陌生的少女頭顱。

他的確覺得陌生，但又感到一絲似曾相識，就好像曾在哪裡見過……

「我想起來了……我想起來了！」柯維安忽地重重倒抽一口氣，「她是文靜，她是那個文靜！」

「誰？柯維安，你說那是誰？」一刻立即看向自己的同伴。

「小白，就是那個文姓女高中生……」柯維安艱困地嚥嚥口水，嗓子眼發乾，「我曾從葉璃蓉的粉絲團連到她的臉書頁面，那是她的同學爲了追悼她而設立的……她就是葉璃蓉那次幫忙，卻還是在送醫途中過世的文姓女高中生啊！」

「什……但她爲什麼會說葉璃蓉見死不救？葉璃蓉不是幫了她嗎？」一刻只覺得整件事像墜入迷霧之中，這讓他的語氣更加暴躁，「這他媽的是在搞什麼鬼！」

「吵死了，死小鬼，閉上你們的嘴巴，滾到我後面去，我的地盤由我說話。」胡十炎無預警地舉手擋在一刻他們身前，他的嗓音仍然稚氣天眞，卻像是把「禮節」兩字徹底摘掉，不客氣得驚人，「否則當心我叫我的貓咬掉你們的蛋，這不是什麼髒話，純粹就是字面上的意思沒錯。」

也不在乎一刻等人對此發言露出了何種表情，胡十炎上前一大步，指甲銳利，嘴中也能輕易見到尖牙。

「我這下可弄懂了，紅眼的傢伙，你這算盤打得可眞好。你一開始就先和那個叫文靜的人類亡靈融合了，對吧？我不知道她和葉璃蓉有什麼過節，但想必是她對葉璃蓉的怨恨引來了你。瘴會滿足宿主的欲望，所以你找上葉璃蓉，卻沒想到葉璃蓉也死了，於是你乾脆寄附在她的亡靈上。瘴和亡靈原本就能多次融合，你吞了兩個靈可不讓人意外。接著你恐怕也注意到百魂妖怪將葉璃蓉當目標，於是利用她做餌，好一舉連百魂妖怪也吞了。」

「啊啊，是的是的，你說對了，眞是聰明的貓小鬼。」三頭人身的紅眼妖怪咧出了一抹不懷好意的獰笑，吐出的赫然是葉璃蓉和另一名少女混在一起的怪異聲音，「不過你也說錯了，我沒有『沒想到』葉璃蓉會死，我早就找到她了。我吞的第一個亡靈想要親眼看著她在自己出事的那地方死，噢，我也打算弄死她，然後她就自己自找死路了。」

「什麼意思？」胡十炎瞇起眼。

「你們知道葉璃蓉是怎麼出車禍的嗎？她說是看到前方有什麼影子衝來——喔喔喔喔喔！才不是呢！」紅眼妖怪做了個誇張的手勢，身形好像也隨著這手勢膨脹，「她只是看到塑膠袋忽然飛到她眼前，嚇了一跳，一隻手來不及穩住龍頭，就『砰』地出車禍了。你們知道爲什麼只有一隻手嗎？因爲、因爲啊，她那時只顧著講手機。啊嘻哈哈哈，她還不知道自己死了，拚命渴求人救她。所以我如她所願救了她，吞噬了她。」

「但不懂……我不懂！」柯維安忍不住高聲喊了出來，假裝身後貓咪正虎視眈眈盯住自己不放只是錯覺，「文靜……那個女孩子爲什麼會對葉璃蓉抱有怨恨？葉璃蓉明明幫了她啊！」

「她確實是幫了她，這樣的幫法。」紅眼妖怪輕彈一下手指，掉落在一旁的葉璃蓉手機忽地飛了起來，再摔落在他和胡十炎等人之間。

明明沒有人操作，手機螢幕卻無預警地亮起，接著是某人的聲音從手機傳出。

「嗨嗨，這裡是葉璃蓉。」寬大的手機螢幕同時出現了畫面，那是葉璃蓉的臉，「現在正在錄影中，時間是星期二下午唷。」

所有人登時知道，那是葉璃蓉自己錄下的短片。

短片繼續播放著，葉璃蓉的聲音也繼續響起。

「超幸運的，我居然看到車禍現場耶！而且還有人趴在這，一動也不動。」

畫面角度轉動，螢幕上出現的是山路以及倒臥在路邊、看似毫無生氣的年輕女孩。女孩穿著制服，從髮絲間露出的些許臉孔，就和紅眼妖怪一邊肩膀上的頭顱一模一樣。

很顯然地，這是文姓女高中生出事那天。

一刻卻是感覺心裡發寒，他艱澀地擠出聲音，「柯維安……你不是說葉璃蓉因爲見義勇爲，被記者封爲『紅傘正妹』嗎？」

「啊，是……可是……」柯維安乾巴巴地回應，後面的話卻怎樣也說不下去。

新聞報導的確是說葉璃蓉熱心助人，發現文靜倒在路邊，自己的手機也沒電後，就趕緊狂奔去找人救援，還不忘用紅傘幫忙示警。

可是，那些都是新聞說的；而新聞會知道的事情，大部分則是葉璃蓉自己說的……不會眞的有人知道在葉璃蓉去找人幫忙之前，她還做了什麼事？

影片裡的一切並沒有因爲柯維安的想法就停止，仍在進行著。

「嘿嘿，哈囉，妳還活著嗎？妳不介意讓我拍張照吧？這樣問好像有點白痴，妳能動早就動了嘛，哈哈哈。」

螢幕上，可以看見馬尾女孩嘻嘻哈哈地笑，還伸手去戳戳地上少女的身體。從鏡頭角度來看，可以推測女孩是將手機舉高，好方便自己能一併入鏡。

「可惜這不能丟上youtube，不然眞的超稀奇耶！我第一次看見車禍現場和死人，好有……哇！」

畫面裡的葉璃蓉忽然驚叫一聲，鏡頭也跟著搖晃。她口中應該死去的少女抽動了一下，手指抓上了她的鞋子，接著看見少女痛苦吃力地抬起頭，露出血跡斑斑的臉。

「救我……求求妳救我……」少女發出了虛弱的呻吟，好似一口氣隨時會喘不過來。

「嚇死我了……原來妳還沒死。欸欸，來張特寫吧？」葉璃蓉的聲音聽起來透著興奮，「跟鏡頭說聲嗨。」

鏡頭隨之拉近，少女蒼白的臉和震驚而微縮的瞳孔都被放大，彷彿無法相信對方不但沒伸出援手，還自顧自地進行拍攝。

「拜託……我好痛……」少女睜大眼，淚水溢了出來。

但是鏡頭猛地一下拉遠了。

「哇啊！妳差點弄髒我的手機耶！」葉璃蓉惱怒的聲音傳出，鏡頭也變成俯視，顯然她站了起來，「這可是我新買的，別亂碰啦，反正我等等就會叫救護車了，等我先拍完吧。妳都躺在這了，不差再多躺那麼一會兒……哎？我的手機好像快沒電了？只能說是不湊巧囉……」

隨著這句似乎帶著惋惜的句子落下，手機螢幕轉成一片黑，山路、女孩和少女都消失了。

但是一刻卻無法控制，依舊瞪著那支手機不放。

手機的主人只是一名人類女孩，然而她的所作所爲，卻使他感到貨眞價實的毛骨悚然。

她到底哪裡有病？看見有人受害，爲什麼還能以一種獵奇的心態，去拍攝當時的情況……

「這就是……眞相嗎？」柯維安啞著嗓子，同樣揮不去心頭上的寒意。他想明白了爲什麼葉璃蓉會對謝少威意圖碰她手機感到大發雷霆，因爲裡面藏著見不得光的影片，也終於知道文靜爲何會怨恨葉璃蓉。

她怎麼可能不恨？她原本可以獲救的，她原本可以繼續活下去的，在未來和人戀愛、結婚、生子……只要葉璃蓉一開始先幫她叫救護車！

「現在的人類小鬼，不少都是像這種腦子有毛病的，他們的世界就只有自己和那支小不拉機的長方形玩意。」胡十炎的小臉淡然，金眸有種看透悠久歲月的冷澈。

「簡直是蠢到家了。」曲九江冷冷地哼了一聲。

「是啊是啊，如此的愚蠢，卻也造就了如此美好的欲望。」紅眼妖怪咧嘴而笑，對觀看影片結束的四人彎腰行了一禮，那異樣的外型使得這個行禮顯得既滑稽又詭異，「爲什麼不救我？我只是想拍可以引人注目的東西，我一點也不想死。給我最後一個魂魄，讓我成爲完全體。死者的怨念、妖怪的執念，多麼美好、多麼美味，我啊，就是愛這種瘋狂的欲望！欲望、欲望、欲望，欲望不滅，我等也將永不滅！」

紅眼妖怪猛然像歡呼般舉高了兩隻手臂，笑聲拔成高亢尖利，同時它腳下的黑影竟在轉瞬間化爲無數長條狀，進而成爲實體，衝出地面，如同發狂的植物枝條，朝一刻等人席捲而來。

「我的眷屬們，退到安全的地方去！離開這裡！」胡十炎的嘴裡發出宛若野獸的嘯聲，腳下一使勁，瘦小的身子登時就像黑色箭矢射出，鋒利的尖爪對著襲來的黑色長條物毫不留情地揮抓、撕扯。

「等等，臭小鬼！」一刻哪能忍受一個比自己小上許多的小男孩獨自衝鋒陷陣——他忘記對方是妖怪，眞實年齡有可能比他大上許多——他提針緊追在胡十炎身後，不忘大聲對自己的同伴吼出指示，「柯維安，用你的毛筆！做什麼都好，就是做！」

「咦？啊！」柯維安愣了愣，迅速回神。他不假思索地對著那一大片黑影揮動毛筆，灑出金墨。

金墨的水珠飛濺，凡是沾觸上的黑影皆傳出滋滋聲響，冒出白煙，彷彿遭到腐蝕或燒灼。

曲九江不喜歡有人命令他，可是他也無法忍受自己的神居然膽敢無視他的存在，直接命令他人。

「我猜你最好要弄清楚，小白，你的神使是我，而不是一個區區的室友B。」曲九江的銀眸閃現戾氣，插在地面上的長刀登時迅雷不及掩耳地脫出，復而射向紅眼妖怪。

紅眼妖怪，或者說被瘴寄附的百魂妖怪，像是看不見一刻等人的攻擊，發動那片宛如活物的長條黑影後，它的龐大身軀也一躍而出，中途更是改變形體，轉化爲一隻全身布滿紅眼的三首黑獸。中間是獸首，左右兩顆頭顱仍是維持葉璃蓉與文靜的臉孔，說有多恐怖就有多恐怖。

它嘶吼一聲，四隻腳掌前端冒出鋒利如刀的爪子。從一開始，它的目標就是鎖定胡十炎！

「你以爲你的爪子會勝過我嗎？」胡十炎稚氣的臉孔上露出陰狠的笑，金眸如閃動熠熠光芒。

可是就連胡十炎也沒想到，一刻的動作更加飛快。

那名白髮男孩從後追上來了。

「小鬼就該有小鬼的樣子，該躲在後面的是你才對！」一刻長臂一伸，猝不及防就是拽住了胡十炎的衣領，將他往後猛力一拋；另一手則是持針格擋，及時架住了紅眼黑獸的利爪。

與此同時，熾白長刀到來，自一刻左右兩側揮掃向黑獸。

然而黑獸兩邊的兩顆頭顱猛地一扭，張大嘴，竟是用牙齒咬住了長刀刀面。

「靠！」一刻見狀也不免一愣。

黑獸中間的獸首抓住這個空隙，張嘴衝著一刻猛然咆哮。

頓時，宛如多人嘶號的聲音像是無形的拳頭，重重擊上一刻的身體。

一刻正忙著格擋，根本無暇摀住耳朵減少衝擊，以至於在毫無防備之下，頓覺胸口一陣猛烈氣血翻騰，一時間再也支撐不住，往後連退。

「別把你的神使當成裝飾品了，小白。」曲九江的聲音響起。

一刻感覺到自己的背後同時被一隻手撐住，止住他失衡的身勢。

「要是你連命令神使這種基本的事都不會做，我會當你腦袋浸水的。」

「幹！你全家才腦袋浸水！」一刻反射性破口大罵，隨後才意識到曲九江話裡的含意。他扯出一抹凶狠猙獰的笑，正想示意曲九江和他一同對黑獸進行包夾圍擊，眼角卻又驚見一抹瘦小黑影再次衝出。

「我操你的！這小鬼是聽不懂人話嗎？」一刻大怒，「曲九江，抓住那小鬼往後丟，不准讓他去打！柯維安，給我把那小鬼保護好，用你當初困住我的那招！」

「嗚啊！小白你果然還是對那時候的事記恨在心對不對？」面對眾多黑色長影的柯維安抽空爆出哀叫，「我就說我那時是……別煩我了！我可是一點也不喜歡這種活像觸手的鬼玩意！」

柯維安似乎是被那些前仆後繼的黑色長影惹得跳腳了，他深吸一口氣，霍地將毛筆往下一壓，緊接著就是龍飛鳳舞地書寫出一個大大的金色字體。隨著那「制」的最後一筆完成，他額頭上如同第三隻眼存在的金色花紋也浮現光芒。

光芒與金字的光相互呼應，剎那間，剩餘的黑色長影就像遭到石化，直挺挺地僵立不動。

柯維安還沒喘過一口氣，就看見一簇赤艷的火燃上了其中一條黑影。

火焰轉眼燃成大火，迅速蔓生到全部的黑影上。

黑夜下，赫然令人產生了無數火蛇狂舞的錯覺。

柯維安不用想也知道，那是曲九江的火焰。只不過他可沒想到，隨之而來的還有一團像是炸彈朝他飛來的黑影。

「這是小白交代的東西，室友B，你自己看著辦。」高傲地拋下這句話，曲九江轉身重回戰場。

「什——等等，東西別亂扔！不對，這不是東西，這可是純潔可愛的正太一枚啊！」柯維安一邊慌張慘叫，一邊拚命張開雙手，試圖接住被人當貨物隨手一扔的胡十炎，「我行的，我可以的，我能接住——嗚噗！」

柯維安遭人毫不客氣地當成了墊背，也許說踏墊更適合。

胡十炎踩著柯維安的胸口，站直身體。他瞇細惱怒的黃玉眼眸，張口呼出了一陣奇異的白色煙氣。正當他準備拔身躍起之際，一隻手猛然抓住他的腳。

「雖然對我來說年紀太大了，不過全世界的正太和蘿莉都該好好受到保護。」柯維安露出一個再正經八百不過的笑容，手指無預警一施勁，同時跟著一個翻身，趁胡十炎有任何動作之前，金墨在對方周身接連畫出數個圓。

這些圓一晃眼就合成了一個，然後便是化作金色障壁，將胡十炎關在其中。

「我這次可是多加了幾層，不會像上次一樣被小白輕易打碎！」柯維安毛筆一扔，一屁股坐下，從自己一直揹著的包包內摸出筆電。也不管障壁內的胡十炎會有何反應，他雙手十指就是快速地在鍵盤上敲敲打打。

不消一會兒，一連串金色字符從螢幕內飄出，迅速飛至高空，圈連成一個更大的圓。

剎那間，和平中心碑周遭景物都產生一瞬的疊影，之後又隨著金字消失。

「還能弄什麼玄虛？」目睹一切的紅眼黑獸發出低沉的吠笑，身上每雙眼都在閃動不祥的光芒。

它的體型雖然龐大，然而動作出乎意料地敏捷。面對一刻與曲九江的屢屢夾攻，它也次次逃脫，腳下更是不時冒出其他黑色長影，擾亂兩名神使的攻擊。

「趕快把握機會保護貓小鬼吧！因爲我要吃掉他，我絕對會吃掉他！」紅眼黑獸一扭身，漆黑的身軀上那些消失的人臉再度浮出。他們個個雙眼猩紅，臉上的五官組成痛苦又扭曲的表情。

一見那些人臉出現，一刻登時心裡一驚，然而要摀耳或拉開距離已是不及。

黑獸放聲嚎嘯，肩膀的兩顆頭顱和身上的人臉也跟著一併嘶吼、悲鳴。

「救救我！爲什麼要見死不救？」

「我沒有錯！我怎麼知道才晚個幾分鐘她就會沒救！」

其中，尤以文靜和葉璃蓉的聲音最爲明顯。

一刻被這陣音波攻擊震得雙腳一跪，他咬牙用白針拄著地，接著再強忍疼痛地霍然拔針，朝前方揮出一道白痕。

當如巨大月牙的白痕掠出後，一刻的身子就要失去平衡地往前傾倒。

「救援來遲……請見諒。」

一刻沒有往前倒下去，因爲一道輕飄飄的嗓音和一隻纖白的手臂同時出現。

一刻還沒來得及看清聲音的主人是從何處現身，那隻纖白的手臂就從中扣住他的腰，輕而易舉地單手將他一把撈起。

穿著誇張、如同魔法少女打扮的長髮女孩表情平淡，彷彿不受這陣音波的影響。她一手抱著一刻，一手對著前方張開洋傘，柔軟的蕾絲傘布竟宛如一面堅固異常的盾牌，擋下了音波的衝擊。

一刻吃驚地抬起頭。

終於趕來和平中心碑的秋冬語偏過潔白的側臉，烏黑的眸子直勾勾地盯住一刻。

「需要……幫忙曲九江與否？」

「……不。」一刻先是趕緊自己站好，接著慢慢拉出了一抹野蠻的笑容，「不用，我相信我的神使可以做得很好。」

身分不明的第三人突然闖入，紅眼黑獸自然心生錯愕，但眼下更重要的是閃避那道朝它而來的白痕。

雖然那白痕來勢洶洶，威力看起來十足猛烈，可是黑獸不認爲自己會躲閃不過。它的三顆頭顱都咧出嘲笑，下一瞬間，猛力一躍，高高跳閃過那道白痕。

失去攻擊目標的白痕撞上了虛空，隨後消散。

然而黑獸眼中的得意卻在這時凍住，它的三顆頭顱、六雙眼睛的眼角，瞥見了有另外兩抹白光自兩側橫切過自己的身體。

什……這怎麼可能？自己不是明明已經成功躲過？而且究竟還有誰能……那個不明人士不是還在前方拿著傘……

不對，等等等等等等等！還有一個神使！

剛剛和白髮人類在一起的，還有一個紅髮……

「現在才發現不覺得太遲了嗎？」手上雙刀交握，曲九江就站在黑獸身後，他嘴角掛著殘忍的笑，銀眸冷酷，一頭紅髮如火焰燃燒。

——前一秒，這名青年手上的兩柄熾白長刀，迅速從中劃開了黑獸的身體。

「不……不可能……」

黑色野獸的形體在改變，又變成人形的模樣，但這也無法阻止它上下半身分家的事實。它的兩截身體正在滑落。

「你爲什麼……爲什麼還能行動？你應該和那個白髮人類一樣才對！」

「前提是，我是人類的話。」曲九江扯開傲慢的笑，兩柄長刀化作光點消逝，旋即他下巴和脖子上的白色花紋也跟著隱沒，「你要是沒把控制權讓給那女人的話，或許就能早點知道我是什麼了，垃圾。」

少了神紋，曲九江一身與生俱來的妖氣也不再受到壓制，毫無保留地散發出來。

同爲妖怪的獐不敢置信地扭曲了臉咆吼，「妖氣……不可能不可能！妖怪怎麼可能有辦法成爲神使——」

「你廢話太多了，我討厭聽人廢話。」曲九江猝不及防一掌抓住獐的頸項，火焰瞬間從他的掌心肆虐而出。

獐的三顆頭顱立即爆出慘號。

同時，獐的下半身卻是崩融成像失去形狀的黑泥，說時遲那時快，竟是直直竄向了困住胡十炎的金色障壁。

那突來的舉動，快得連一刻和秋冬語都來不及阻攔。

可是下一秒，一刻猛然想通了。

那隻完成獐靈融合的獐，既然一開始就將百魂妖怪當成獵物，爲什麼不早些下手？爲什麼非得要葉璃蓉再找上他們，調查貓男孩，也就是胡十炎的事？

「趕快把握機會保護貓小鬼吧！因爲我要吃掉他，我絕對要吃掉他！」

不止是百魂妖怪……獐的目標，從一開始就連貓男孩也包括在內！

它知道那隻百魂妖怪即將成爲完全體，也知道當時出現在葉璃蓉車禍現場的貓男孩爲了避免自己的眷屬遭到獵殺，定會有所行動，所以它不單是用葉璃蓉當餌，也用百魂妖怪當餌。

它打算一舉吞噬百魂妖怪和胡十炎！

「柯維安，攔住它！」趕不及的一刻厲聲大吼。

「就交給我吧，小白！」柯維安立刻再抓起毛筆，擺出架勢，「別妄想闖過我的結界，那可是我特地……咦咦咦!?」

柯維安的威脅變成了一串驚嚷。

黑泥沒有朝他衝來，而是墜在了他前方的地面上，旋即黑泥竟完全沒入地底。

柯維安眨眨眼，接著臉色煞白，「靠靠靠！我的結界這次忘記封地面了！」

那聲慘叫讓一刻的臉色驟然也是一白。

「我他媽的要宰了你，柯維安！」一刻暴怒大吼，「快解開結界！胡十炎，快跑！」

「我解開了！胡十炎你趕快離……」柯維安驚慌失措的吶喊驀地卡住，他瞠大眼，露出像是被什麼可怕東西噎到的表情。隨即他用力扭頭，力道大得似乎連脖子也扭到了，「小白，你說……胡什麼？」

「胡十炎！你該死的一定要在這時候浪費時間嗎？」一刻咒罵，拔腿就想衝向胡十炎的位置。

一隻手卻拉住了他。

「不用……」秋冬語朝一刻搖搖頭，「很強的……老大。」

老大？什麼老大？一刻一愣，他瞪著秋冬語那張美麗的臉。在他的印象中，秋冬語口中的「老大」似乎只用來稱呼一人，接著他慢慢地轉過頭。

黑泥從胡十炎腳邊的土地倏然鑽冒出來，它的前端化作一張猙獰的臉，雙眼猩紅，眼下是可怕的血盆大口。

「吃掉吃掉！讓我吃掉你！」剩下半身的瘴咆哮，張嘴朝不閃不避的胡十炎的腦袋咬下。

它沒有眞的咬下，不是因爲它忽然放棄了——瘴是依循欲望的存在——而是有什麼事發生了，阻止了它的行動。

瘴瞪大眼，紅眼映出自己的身軀被一隻小手抓住的光景。

而那屬於孩童的手掌中，正隱隱冒出金色、耀眼的焰光。

瘴從來沒有聽說過貓妖會使用金色的火焰。

「你想吃掉我？」黑髮金眸的小男孩抬起頭，露出稚氣天眞又殘忍的笑容，「你忘了你現在還寄宿在百魂妖怪的身上嗎？百魂妖怪的天敵是什麼，可別說你不知道哪。雖然不是雙尾的，不過我的尾巴可是只多不少。告訴你，吃屎去吧！」

下一瞬間，巨大奪目的金色焰火自胡十炎的掌心中如漩渦般席捲而出。只不過眨眼工夫，漆黑的瘴就被包覆在裡面。

「這、這是……狐火！你根本就不是什麼貓妖！」瘴在火焰中淒慘吶喊，猩紅的眼瞳不知是因痛苦還是不敢置信而瞪大至極限，「你是……你是……」

突然爆發的強烈火焰讓一刻徹底愣住了，他看見那個他一直以爲是貓妖的黑髮小男孩被層層金焰包圍。

金色的耀眼火焰一圈圈環繞在小男孩身邊，他的瞳孔如希罕黃玉，頭頂三角形的黑色尖耳微微晃動，衣服成了一身藍色系的古風服飾。而在他的背後……有什麼伸展了出來。

一條、兩條、三條、四條、五條、六條，六條碩大華麗的蓬鬆黑色尾巴，宛如擁有自我意志般緩緩擺動著。

那原本不爲人知的強大威壓，就像是隨著金焰的釋放跟著衝湧出來。

即使對方看起來只是個孩童，可是在場所有人都能感到那份難以言喻的魄力。

包括半妖的曲九江，包括同是妖怪的瘴。

「六尾……你是六尾妖狐！」瘴在灼燙與高溫中尖叫，身體末端像是焦塊般逐漸剝落，「爲什麼六尾妖狐會跟貓……」

「你的話太多而且也太吵了。」胡十炎忽然握住掌心，原先狂肆的火焰倏地減弱，轉而成爲一條細長的炎之鍊，「宮一刻，它就交由你處理了！」

隨著這聲無預警的高喝，胡十炎手腕猛力一甩，炎之鎖鍊纏著瘴揮甩向了空中。

一刻甚至來不及去思考爲什麼胡十炎會知道自己的名字，當瘴的身影烙印進自己的眼中，他毫不猶豫地朝空中扔擲出白針。

如劍的長針瞬間貫穿瘴的中心。

瘴的形體失去控制，就像是即將炸裂般地膨脹再膨脹。

它在尖嘯，它在詛咒，它在大笑。

「來不及來不及了！我已成功貢獻我的力量……這一切都是爲了『它』！爲了我等的『唯一』！」

「什——『它』是誰？是蒼……」胡十炎在聽見「唯一」兩字時臉色驟變，他的狐尾像長鞭般伸長，想要捉捕住那隻瘴。

然而一切都只是徒勞無功。

胡十炎的質問還沒來得及說完，他的狐尾還沒碰觸到瘴之前，在高空中的那團黑色物質便已四分五裂，緊接著又成了點點黑氣，幾個眨眼就被風吹得消逝無蹤。

留下的，只有一縷縷從炸裂中分出、如白霧般的存在。

「那是……什麼？」一刻睜大眼，喃喃地問出話後，就發現曲九江原本抓握的另外半隻瘴也消失得不見蹤影，取而代之的是一縷縷和空中相同的白霧正在往上飄升。

一開始，那些白霧看不出有什麼特別。可是漸漸地，它們顯現了輪廓，看起來就像是人，有男有女、有老有少。

「該不會是，百魂妖怪吞的那些……」柯維安抱著筆電，仰高頭。

「是被它吞下的魂魄。」胡十炎語氣平靜地說，他又舉起了手，金色的火焰倏然從他的掌心再湧出。他手一揮，火焰散成無數光點，隨著那些白霧飄飛。

不知情的人見了，或許會以爲是漫天螢火蟲在飛翔。

「這是妖狐一族的送行火。我們相信有這些火焰的陪伴，靈魂可以更快找到自己該去的方向……當然，那或許也可能到達地獄，端看自己生前的所作所爲。」胡十炎最後一句說得雲淡風輕，他瞇著眼，望著送行火和白霧一同消逝在天邊一角。

他看見了葉璃蓉和文靜，但他不在意她們會到哪去，天理自有自己的安排……

等到夜空恢復了平時的沉靜，胡十炎驀地轉過頭，銳利的目光盯向一刻，「誰讓你出手那麼快的？一般人不是會反射性呆個幾秒才動手嗎？宮一刻，你害我根本來不及問出答案，你看你怎麼賠我，你這個愚蠢傢伙。」

「幹拎娘！賠你妹啊！」一刻想也不想地怒比中指，「動作快也怪老子嗎？你不喊的話我就不會……」

一刻閉上嘴，他瞪著胡十炎數秒，終於意識到對方是眞的喊了他的名字。

「等一下！你X的爲什麼知道我的名字？那群白痴從頭到尾只有喊我『小白』吧！」

「小白，稱自己的好麻吉是白痴就太過分了啦……」柯維安哀怨地抗議。

「比起來，我的神才是更蠢的那一個吧？」曲九江不客氣嘲諷。

「閉嘴。去死。」前面的兩個字是送給柯維安的，後面的兩個字當然是要歸曲九江所有。一刻在各送兩人一記戾氣十足的眼刀子後，旋即又瞪在胡十炎的身上。

或者說，他華麗的六條尾巴上。

那怎麼看都是貨眞價實的狐狸尾巴，剛剛瘴也喊出了「六尾妖狐」四個字。妖狐要長出第二條尾巴需兩百年，接下來每多出一條尾巴則要花上一百年。換句話說，外表稚氣的胡十炎其實早已經……

還有，秋冬語之前是不是喊了「老大」這兩個字……一刻的腦海被這些突然湧入的訊息攪得一團混亂，他應該要問對方究竟是何來歷，可是他脫口而出的卻是——

「爲什麼一隻六尾妖狐會是一群貓的國王？你靠杯的哪是什麼貓男孩啊！」

「狐狸不是貓科的嗎？那我當我眷屬們的王，又有哪裡好奇怪的？」胡十炎挑起眉，理所當然地反問著。

確定那張小臉沒有半點開玩笑的痕跡，一刻目瞪口呆地瞪著那名高齡六百多歲的小男孩。

狐狸是貓科的？我操！狐狸哪時候變成見鬼的貓科了!?

「狐狸是食肉目犬科的，不論是哪本書都會這麼說。既然是堂堂的六尾妖狐，又是我們公會中力量最強之人，還請盡量別讓人逮到嘲笑你知識的機會，會長大人。」

隨同這道斯文男聲的落下，一雙手也搭在胡十炎的肩膀上。

穿著月白長袍的碧眼男子，簡直就是神出鬼沒地出現在胡十炎背後。即使他的半邊臉被岩片覆蓋，另外半邊俊雅的臉仍足以讓一刻認出他的身分。

那是回復妖化模樣的安萬里。

不過比起突如其來現身的安萬里，一刻更在意的是對方說的最後幾個字。

會長大人……再加上秋冬語之前說的「老大」……

「靠靠靠！你就是那個硬要秋冬語穿得跟COSPLAY沒兩樣的變態會長！」一刻指著胡十炎，眼中再清楚不過地寫著防備。

「啊啊？我那是叫『對夢夢露的愛』。」胡十炎一彈指，身上服飾變回原本的時裝，身後的六條尾巴也消隱。他抬高下巴，不悅地回話，「我問你，宮一刻，如果你有一隻超適合打扮成繃帶小熊的熊，你會忍得住不替它加工嗎？」

「咦？這……這麼說好像也有道理……」一刻喃喃地說，本來凶狠的氣勢不復存在。

「等一下！小白，你不要這麼簡單就被說服啊！」柯維安跳了起來，「好歹再多指責幾句，身爲正常人的我們早就想對老大這麼說了！」

「聽你放屁，戀童癖的傢伙還敢說自己正常？」一刻鄙夷地瞪了一眼，接著想起一件事，

「柯維安，你居然又瞞我？胡十炎是你們神使公會的會長，你為什麼沒說！」

「哎？哎哎哎？冤枉啊，小白！」柯維安立刻喊冤，「我不是要瞞你，我是……」

「小柯……不知道那是老大。」秋冬語插嘴，語調還是輕飄飄的，缺乏起伏。

這下子，不止一刻大吃一驚，連曲九江也揚起了眉。

「因為我們會長在公會裡，對坐在董事長椅裡背對著人說話這件事，有著奇異的喜愛。」安萬里瞇著眼睛笑，「只有常待在公會裡的一些妖怪，才知道他的長相。唔，雖然我不常在，不過再怎麼說也是副會長。」

「你忘了多加一個『年紀最老的』，老傢伙。」胡十炎漾起天真的笑容，只是言語惡毒，「你這應該快老年痴呆的怎麼會到這來？」

「我可只比你大一百多歲而已，十炎，我相信我還很年輕的。」安萬里不以為意地說，「我買完了索娜的寫真集，打算回公會好好欣賞，碰巧察覺這地方的妖氣，就晃過來瞧瞧了。既然百魂妖怪的事已解決完畢，你就別再心情差，也該回公會坐鎮。還有，別再讓繁星市的貓真以為狐狸是貓科的，這會讓牠們被別市的貓笑的。」

「囉嗦死了，安萬里，我總有一天會找到一本書說狐狸也是貓科的。」胡十炎不耐煩地撥開搭在肩膀上的那雙手，忽地大步走向一刻。

即使兩人身高差了一大截，他的氣勢仍強大無比。他仰高稚氣的臉蛋，對一刻露齒一笑。

「我看得出來你有一堆事想問，你可以盡量問沒關係，不過我一個問題都不會回答。天下沒有白吃的午餐，要想知道什麼，先加入公會成爲我們的人再說。啊，放心好了，就算拒絕也可以，反正我一禮拜內就會動手把你們綁來。一個半神的神使，一個半妖的神使，爲了你們，我不介意當一回綁架犯的。」

「是嗎？那你大可以來試試看，狐狸小鬼。」曲九江不待一刻說話，便直接先他一步而出。他露出冰冷陰狠的笑容，銀眸內更是戾光閃動，「你的尾巴看起來很適合做圍巾。」

「小半妖，想跟我嗆聲，等毛長齊了再來吧。你以爲我的歲數是你的幾倍？」胡十炎笑得更天眞，但字字句句都像長著刺。

曲九江獰笑，手臂皮膚上紅光一閃，眼看就要暴起烈焰。

「幹！你是不跟人槓上會死是不是？」一刻冷不防一掌拍上曲九江的後腦，警告地厲了他一眼，「信不信我回宿舍就把你的草莓蘇打全倒個乾淨？有辦法你就砍了我，不過你就得另外找神了。」

要不是自己開口可能會成爲箭靶，柯維安眞想爲一刻大力鼓掌。

太棒了，小白！這威脅用得眞好！

曲九江臂上的紅光登時消隱，他嘖了一聲，扭過頭去。

「別擔心，宮一刻，我還沒打算要跟小鬼打起來。我等你的回覆。」胡十炎朝一刻點點頭，隨後越過他，頭也不回地走了。

「到時學校見了，學弟們。」安萬里微微一笑，臉上的岩片褪去，碧眸染黑，身上的長袍也回復休閒裝扮。

安萬里隨著胡十炎的腳步而去。

才走不到幾步，兩人的身影都在一片金焰呼嘯捲起後，消失得無影無蹤。

一刻望著那空無一人的方向，半晌後吐出一口氣，今晚的事可真是夠多了。他轉回頭，看見秋冬語才又想起一件事。

「秋冬語，妳知道胡十炎就是你們的會長?妳看過他?」

「看過……老大，是照顧我長大的人。」秋冬語點下頭，「我還沒出生，他就在照顧我了……」

「啊啊。」一刻沒有多追問下去。

「小白，小語的事等下次有機會再告訴你。還有我的事，有機會我也一定會告訴你。」柯維安一屁股坐在地上，伸了個疲倦的懶腰，「唔啊，真是累死人了……我現在真想要一張軟綿綿的床。」

「那就起來，回宿舍去。」一刻不客氣地用腳踢踢柯維安，知道對方說的「自己的事」是指什麼。

柯維安能聞出葉璃蓉是不是亡魂……這部分，和他的青梅竹馬有點像。可是對方沒有要說，他也就不問。

「小白、小白，你抱我回去吧，人家累得一點力氣都沒有了。」柯維安抱住一刻的一隻腳，死纏爛打地說著。

就在一刻黑著臉，打算一腳踹開柯維安，一個「叮咚」的聲音驀然響起。

一刻一愣。

「啊，是我的LINE！」柯維安連忙鬆開手，從口袋裡掏出了手機，「可能是我之前說的那個西華的朋友傳給我的……我看一下。」

柯維安在手機螢幕上點按了幾下，接著不由自主地張大眼，沉默了下來。

「怎麼了？」一刻嗅到不對勁，皺著眉問。

「……葉璃蓉的屍體昨天就被發現了。」柯維安抹把臉，低聲地說，「我待在謝少威住處時，曾發現葉璃蓉身上的氣味不太對，可是一下又消失，我以爲是我的錯覺。但想想還是不放心，就請在繁星市板上認識的網友幫我查一下，就是我剛才說的西華大學的朋友。雖然她們不同系也不同年級，她最後還是幫我查到了……葉璃蓉的屍體是掉落在山下，後來才被人發現到，她家正在進行喪事的準備事宜。」

「……是嗎？」一刻只是靜靜地回了這麼一句

這次謝少威可說是無端被捲入，他不知道自己的女朋友在那日車禍就已身亡，也不知道這幾天和自己相處的其實是一抹亡靈。

不過他不會記得這幾天的事了，瘴一旦消滅，與瘴有關的人們大半都會遺忘這期間發生的一切。

而接下來，謝少威要怎麼面對女友身亡的消息，那也不在他們插手的範圍內了……

「小白，你等我一下，我回訊給對方，感謝她幫我查到的事。」柯維安低頭，快速地輸入文字至訊息欄內。

一刻沒有催促，只是看了一眼曲九江，再看看自己張開的左手手指。在無名指上，橘色的花紋正隱隱發亮。

那是神紋，神使的證明。

神使的職責就是消滅在人世作惡的妖怪，尤以吞噬人心欲望的瘴為主。

而如今，出現在面前的瘴卻再也不同以往——它們不用等待欲線碰地，即可侵入人體。

瘴的身上究竟發生了何種變化？他想要弄清楚。還有，它們口中的「唯一」指的是誰？胡十炎說的名字又是指誰？

一刻驀地握住掌心。

他要加入神使公會。

尾聲

同一時間，繁星市西華大學附近的某間屋子。

「別再玩妳的手機了，出來把妳自己買的宵夜吃完。」一名高個子的挺拔青年敲了敲敞開的房門，聲音低冷，有種不怒而威的威嚴。

「我才不是在玩，只是回一下LINE而已。」房間裡的女孩抬起頭，吐吐舌，一雙大眼睛令人想到小動物般無辜，「人家才不會一天到晚拿著手機不放，那多無聊，和人面對面講話比較有趣啊。」

說著，五官和青年依稀有絲相似之處的可愛女孩將手機放回桌上，離開自己的書桌。

「是有個朋友要請我吃飯啦，感謝我幫他查一些事。」

「查什麼事？」青年挑高俊眉，但顯露的表情更多部分是因爲看見房裡的凌亂。

「就是查……哇！你別用那種眼神看我房間啦，我明天會整理，我發誓！」女孩慌慌張張地推著對方的背往門外走，以免接下來要面臨一連串冷酷的說教，「我剛說到哪？對了，那位朋友請我幫忙查一下一位歷史系學姊的情況。我去她系上問，她的同學也不曉得她是蹺課還是請假，總之就是好幾天沒見到人了。」

「然後我又去找她的室友，她們也不曉得她人在哪，後來才知道，那位學姊在幾天前就出車禍過世了。屍體因爲飛到山下，才沒有在第一時間被發現……可是，哥，我覺得有一點很可怕。我去那位學姊寢室的時候，她的三位室友都只顧著滑手機或上網，根本就沒留意到寢室裡是不是好幾天都少了誰……」

「有些人寧願自己的世界裡只剩自己和手機，那也是他們的事。」

「我不懂，這樣明明就很蠢，手機哪比得上身邊活生生的朋友……對了，哥、哥，這禮拜再一起去潭雅市吧，說好的固定聚會可不能忘！」

「我沒忘，同樣也沒忘記妳的房間要整理。不准拖到明天，吃完宵夜就動手。」

「咦？哥——」

女孩花容失色的慘叫遠離了房間。

房間書桌上，擱在上頭的手機還停留在LINE的介面上。

柯維安：太感謝妳的消息了，改天務必讓我請妳吃飯。

而回應出「好啊」外加一個笑臉符號的人名，則是——

蔚可可。

〈百魂妖怪與貓男孩〉完

後記

後記時間又到了~

第二集可以說滿滿的都是我的私心！不但有魔法少女還有貓耳正太，其實正確來說應該是狐耳正太XD光是這兩種組合，就足夠我配上好幾碗白飯了。

當收到夜風大的人設和封面的時候，心中已經不止是小鹿亂撞了，而是大象在奔騰！露出絕對領域而且還小露香肩的美少女，立馬就將它設爲自己的桌面，每天看著美少女心花怒放WWWWWW

在本篇裡，楊家的事件雖然告一段落，卻不代表著事情的結束。相反地，一刻等人會發現越來越多的謎團在前面等著他們。變異的瘴是怎麼回事？妖怪們口中說的「唯一」，指的又是何人？

這些都將在後面逐漸揭曉，所以這集也等於是一個全新的開始——加入神使公會，展開不同以往的冒險。

當然，在正式加入公會之前，還是會發生一些令人意想不到的事的。至於究竟是怎樣的內容，而公會裡除了喜歡魔法少女的會長和喜歡愛情動作片的副會長，還有哪些奇特的成員，這此都先在這裡賣個關子吧。

最後在尾聲的地方出現了一個熟悉的名字，這代表著某對兄妹也即將登場了，第三集就會看得見他們的蹤影囉！

醉琉璃

【下集預告】

追求幸福的連鎖信、實現願望的天使蛋。
突然間在學生們之間悄悄流行起來的神祕物品，
會帶來怎樣新的風波？

不思議社將迎來新顧問，
秋冬語收到無預警的告白，
魔法少女的春天即將來臨？

卷三．連鎖信與天使蛋

10月，火熱推出！

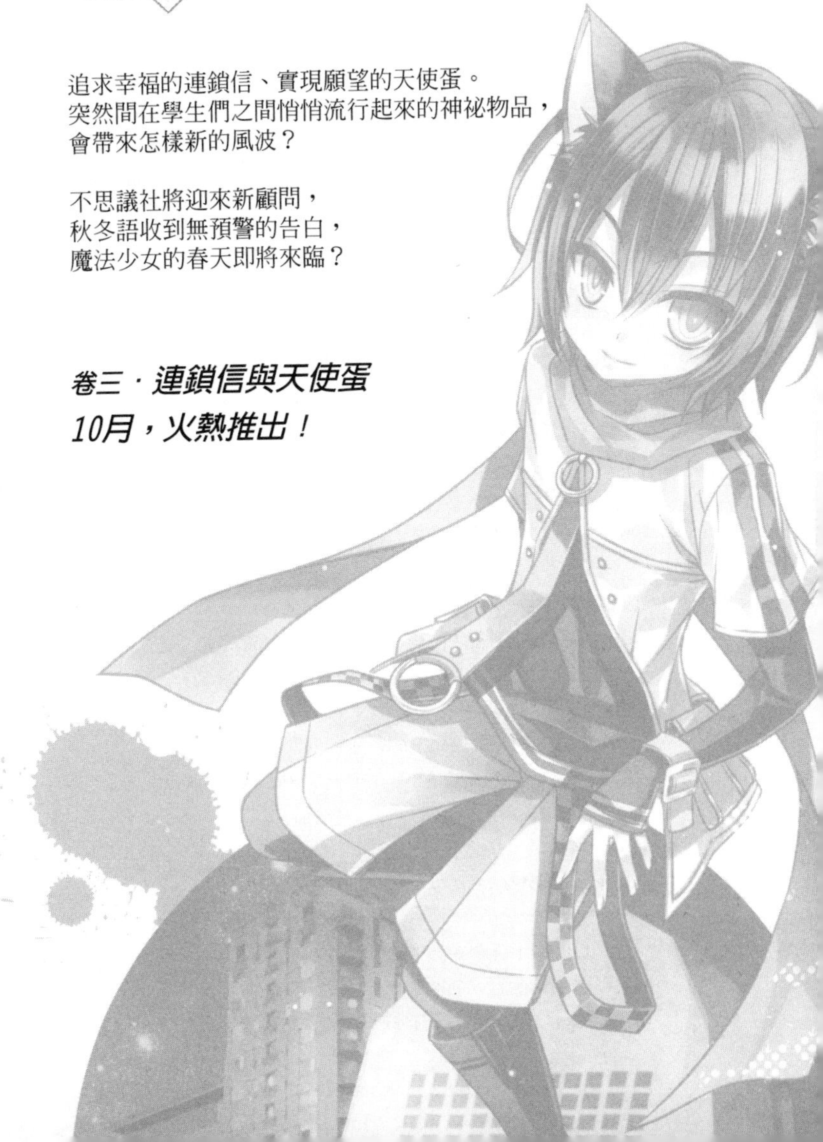

國家圖書館出版品預行編目資料

神使繪卷. 卷二,百魂妖怪與貓男孩 / 醉琉璃 著.
——初版. ——台北市：魔豆文化出版：蓋亞文化發行，2013.08
面； 公分.（Fresh；FS044）
ISBN 978-986-5987-25-1
857.7 102015039

作者 / 醉琉璃
插畫 / 夜風 封面設計 / 克里斯
出版社 / 魔豆文化有限公司
地址◎ 台北市103赤峰街41巷7號1樓
電話◎（02）25585438 傳眞◎（02）25585439
部落格◎ gaeabooks.pixnet.net/blog
臉書◎ www.facebook.com/Gaeabooks
電子信箱◎ gaea@gaeabooks.com.tw
投稿信箱◎ editor@gaeabooks.com.tw
郵撥帳號◎ 19769541 戶名：蓋亞文化有限公司
發行 / 蓋亞文化有限公司
法律顧問 / 宇達經貿法律事務所
總經銷 / 聯合發行股份有限公司
地址◎ 新北市新店區寶橋路二三五巷六弄六號二樓
電話◎（02）29178022 傳眞◎（02）29156275
港澳地區 / 一代匯集
地址◎ 九龍旺角塘尾道64號龍駒企業大廈10樓B&D室
電話◎（852）2783-8102 傳眞◎（852）2396-0050
初版五刷 / 2018年1月
定價 / 新台幣 180 元
Printed in Taiwan

ISBN / 978-986-5987-25-1

FS044

魔豆文化　讀者迴響

感謝您在茫茫書海中選擇了魔豆，您的支持是我們最大的動力。
不要缺席喔，讓我們一起乘著夢想的羽翼，穿越時空遨遊天地！

姓名：	性別：□男□女　出生日期：　年　月　日
聯絡電話：	手機：
學歷：□小學□國中□高中□大學□研究所	職業：
E-mail：	（請正確填寫）
通訊地址：□□□	
本書購自：　縣市　書店	
何處得知本書消息：□逛書店□親友推薦□DM廣告□網路□雜誌報導	
是否購買過魔豆其他書籍：□是，書名：	□否，首次購買
購買本書的動機是：□封面很吸引人□書名取得很讚□喜歡作者□價格便宜□其他	
是否參加過魔豆所舉辦的活動：□有，參加過　場　□無，因為	
喜歡出版社製作什麼樣的贈品：□書卡□文具用品□衣服□作者簽名□海報□無所謂□其他：	
您對本書的意見：◎內容／□滿意□尚可□待改進　◎編輯／□滿意□尚可□待改進　◎封面設計／□滿意□尚可□待改進　◎定價／□滿意□尚可□待改進	
推薦好友，讓他們一起分享出版訊息，享有購書優惠　1.姓名：　e-mail：　2.姓名：　e-mail：	
其他建議：	

◎請沿虛線剪開、對摺、裝訂後寄出

◎請沿虛線剪開、對摺、裝訂後寄出

廣告回信　郵資免付
台北郵局登記證
台北廣字第675號

魔豆文化有限公司　收

103 台北市赤峰街41巷7號1樓

魔豆

魔豆